출판사 클의 책을
만나보세요.

마음이 울릉울릉

우연히 여기는 울릉도, 어쩌다 저는 주민이에요!

1판1쇄 펴냄 2024년 9월 30일

지은이 임효은(울릉공작소)

펴낸이 김경태 | **편집** 조현주 홍경화 강가연
디자인 박정영 김재현 | **마케팅** 유진선 강주영
펴낸곳 (주)출판사 클
출판등록 2012년 1월 5일 제311-2012-02호
주소 03385 서울시 은평구 연서로26길 25-6
전화 070-4176-4680 | 팩스 02-354-4680 | 이메일 bookkl@bookkl.com

ISBN 979-11-92512-96-9 03810

마음이 울릉울릉

우연히 여기는 울릉도,
어쩌다 저는 주민이에요!

임효은(울릉공작소) 지음

여는 글

     창밖으로 보이는 청명한 하늘에 구름이 한 점 천천히 지나갑니다. 오늘은 날씨가 좋으니 걸어서 출근을 하기로 했습니다. 골목을 지나는데 옆집 할머니가 밭에서 따온 오이를 가져가라며 바구니 하나를 통째로 주십니다. 집으로 돌아가 오이를 갖다놓고 다시 집을 나섰습니다. 저 멀리 파란 바다 너머 수평선이 흐릿한 걸 보니 먼 바다는 조금 흐린가봅니다. 양 옆으로 긴 나무가 우거진 길을 걷다보니 가게가 있는 천부의 집이 하나둘 나타납니다. 산동네에 있는 집에서 바닷가 가게로 가는 길은 내리막길이 쭉 뻗어 있습니다. 경사가 꽤 급해서 보통 차를 타고 다니는데 가끔 차를 두고 걸어갈 때면 이런저런 풍경이 아름다워 사진을 찍느라 바삐 걷던 걸음을 자꾸 멈추게 됩니다.

천부에서 작은 기념품 가게인 '울릉공작소'를
운영하고 있습니다. 문을 열고 아무도 없는 가게에 좋아하는
곡을 틀어놓고, 작은 공간을 밝히는 조명을 여기저기
켜놓습니다. 제품을 이리저리 놓아보다가 어제와 다른
위치로 옮겨봅니다. 주로 여름에 여는 가게, 햇볕이 뜨거운
날은 낡은 창으로 더운 기운이 들어옵니다. 그러면 출입문 앞
골목길에 찬물을 뿌려 열기를 식히고 일을 시작합니다. 가끔
가게 옆 편의점에서 사오는 커피의 향은 금세 작은 가게를
가득 채웁니다. 그렇게 자리에 앉아 언제 올지 모를 사람들을
기다립니다.

마을 길목 안쪽에 가게를 열었을 때 주민분들이 모두
걱정을 하셨습니다. 관광객이 별로 없는 여기서 이런 물건은
팔리지 않는다고요. 지나가는 동네분들이 가게에 모여 제가
먹고살 길에 대해 열띤 토론을 벌였습니다. 의심의 눈초리를
보이던 분들은 시간이 흐르니 과일을 잘라서 갖다주는
이웃이 되었고, 이 작은 가게는 동네 이웃이 한바탕 수다를
떠는 사랑방으로 활약하기도 합니다.

울릉도에 처음 왔을 때 뭔가 기념할 만한 걸 사가고 싶었는데 흔한 마그넷 하나를 찾기가 어려웠습니다. 그 아쉬움을 동기 삼아 직접 울릉도 기념품을 제작해 판매하고 있습니다. 원래 납품만 하다가 좋아하는 천부에 가게를 차려서 직접 판매도 시작했습니다. 사실 개인 작업실을 만들고 싶었습니다. 굳이 한적한 동네에서 가게를 연 것은 그 때문입니다. 조용한 만큼 이따금 찾아주시는 분들이 반갑고, 좋아하는 것들로만 채운 공간에 있는 시간이 즐겁습니다.

서울에서 직장 생활을 계속했다면 어떤 삶을 살고 있을까요. 퇴사 후 쉬는 동안 여행 온 곳에 대뜸 집부터 계약하고 별다른 계획 없이 살기 시작했습니다. 자유롭고 행복했지만 내심 직장 생활을 이어가지 못했단 패배감을 안고 있었습니다. 혼자 여기서 뭘 하나 싶어 온종일 조급함에 사로잡혀 있다가도 바다로 떨어지는 해와 분홍색 구름을 보면 문득 이 아름다운 것에 둘러싸여 사는 내가 좋아서 좀 전까지 끓인 마음이 무색해지곤 했습니다.

낭만으로 시작한 곳에서 어느새 내 할 일을 찾아 돈을 벌고 새로 만난 사람과 공간을 만들며 내 자리를 찾아갑니다. 먹고사는 일에 치여 주변을 둘러볼 여유가 자꾸만 사라질 때면 처음 이곳에 와 감탄했던 순간, 그리고 이곳에 살기로 마음 정한 날을 떠올립니다. 울릉도에서 그 시간들은 나를 잘 살고 싶게 합니다.

목차

'울릉공작소'가 그린 울릉도 지도

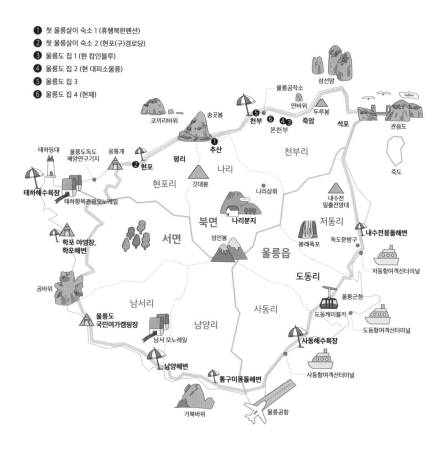

❶ 첫 울릉살이 숙소 1 (휴행복한펜션)
❷ 첫 울릉살이 숙소 2 (현포(구)경로당)
❸ 울릉도 집 1 (현 캄인블루)
❹ 울릉도 집 2 (현 대피소울릉)
❺ 울릉도 집 3
❻ 울릉도 집 4 (현재)

1부

어쩌다, 울릉도

나의 첫 울릉살이

~~~~~~
~~~~~~
~~~~~~

　　서울에서 직장인이었을 때 빠르게 성장하고 있던
스타트업에 다니고 있었다. 근속을 하다보면 괜찮은
커리어를 이어갈 수도 있을 것 같았지만 회사가 몸집을
불리며 나는 본 업무인 디자인 업무가 줄고 다른 일이
늘었다. 급변하던 회사 생활은 내게 버텨야 하는 일이
되어갔고, 회사가 이사를 하고 분점을 내면서 출근지가
바뀌니 원래 지하철로 한 번에 가던 회사를 갑갑한 서울
2호선과 9호선, 버스 환승까지 해서 가야 했다. 점점
출근하는 시간이 다가오는 게 무서워져 입사한 지 1년이 채
되지 않아 퇴사를 했다.

　　그전에 환승 이직을 한번 해보니 퇴근 후엔
포트폴리오를 만들고 일과 중 몰래 면접을 다니는 게
수명을 깎는 짓이란 생각이 들어서 갈 곳을 정하지 않고
무작정 그만두었다. 이번엔 내 전공인 시각디자인을
살리면서 주도적으로 일을 할 수 있는 디자인 전문 회사에

들어가야겠다고 굳은 다짐을 했다.

　3년은 근속을 해야 경력이라고 말할 수 있는데 조각난 1년 여 경력으로 퇴사하고 나니 경력이 소용없어져 다시 신입으로 지원해야 했다. 게다가 포트폴리오를 넣는 족족 낙방을 했고, 이제는 입사하면 3년 이상 근속을 해야 한다고 스스로 압박하고 있자니 취업 준비가 너무 힘들었다. 마침 적금이 만기되어 취직하느라 못 해본 '내일로 여행'을 떠나 기차를 타고 이리저리 유랑하며 자의반 타의반 휴식을 즐겼다. 그때였다. 제주도에서 무 농사를 하며 한 달 살기를 함께했던 언니가 '나의 첫 번째 울릉살이'라는 이름의 프로그램 모집 공고를 나에게 알려준 것이.

　디자인과 학생의 가장 큰 과제인 졸업 전시를 마치고 4학년이 끝나갈 무렵, 하고 싶던 많은 것을 뒤로하고 평범한 직장인으로 살기 직전에 이대로 졸업하기에는 아쉽다는 마음이 들었다. 20대엔 해외 연수나 워킹홀리데이는 한 번쯤 가봐야 한다는 생각이 있었다. 그러다 검색해서 찾은 제주 워킹홀리데이에 지원했다. 열 명 정도의 사람을 모아 한 달간 농사로 돈을 벌며 게스트하우스에 지낼 수 있도록 연계해주는 프로그램이었다. 비록 외국은 아니지만 제주도면 말도 통하고 사기를 당해도 다시 집에 돌아올

수 있으니 딱히 무서울 게 없었다. 그 즉시 짐을 싸들고
제주도로 떠났다.

　　동이 트기도 전에 무 밭으로 출근해서 일하다가
일출을 보는 게 하루의 시작이었다. 점심은 무 밭 사장님이
끌고 온 밥 차에서 배식을 받아 흙바닥 아무 데나 철푸덕
앉아서 먹었다. 오전 내내 일하고 먹는 김치찌개 한 숟갈은
아주 꿀맛이었다. 늘 컴퓨터 앞에 앉아만 있다가 몸을
움직이며 수확물을 얻는 일을 하니 온갖 상념이 없어지고
삶이 단순해지는 게 무척 만족스러웠다. 퇴근을 하면 제주
워킹홀리데이를 하러 와서 같은 게스트하우스에 사는
친구들이 귤 농사를 짓고 받아온 귤을 원 없이 까먹었다.
신도시에서 태어나 평생 아파트에서만 살아본 나에게
제주도에서 일상은 너무나 새로웠다.

　　제주도에서 농사를 지으며 알게 된 친구들과 성향이
잘 맞았다. 제주도 한 달 살기가 끝나고도 우리는 각
지역에서 살아보는 프로그램들이 속속 등장할 때마다 단체
채팅 방에서 서로에게 공유해주곤 했다. 울릉도에서 한다는
그 한 달 살기 프로그램은 파격적이었다. 숙박과 교통비를
모두 지원해주면서도 참여자가 해야 하는 과제나 성과가
없었다. 그저 자유롭게 울릉도를 누려보는 프로그램이었다.

적금을 타서 당분간 생활할 돈도 있었고, 그 작은 울릉도에서 한 달이나 있으면 할 일이 없을 테니 이직 준비도 할 수 있을 거라 생각했다. 이 타이밍이 아니면 평생 섬에서 느긋하게 있는 경험을 해볼 일이 없지 않겠는가. 운명이라는 생각을 하면서 지체 없이 지원서를 작성했다. 한적한 곳에서 고독하게 맘껏 글을 쓰다가 사색에 잠겨보고도 싶었다.

'나의 첫 번째 울릉살이'라는 타이틀이 붙은 포스터를 보면서 이름을 참 잘 지었다고 생각했다. 울릉도에서 한 번쯤 살아보고 싶게 하는 이름이었다. 당시만 해도 한 달 살기 열풍이 불기 전이라 교통과 숙박을 제공하는 프로그램의 존재가 아주 귀했다. 그저 멀게 느껴졌던 섬에 대해 점점 호기심이 들었다. 경상북도와 한동대학교, 울릉군의 지원으로 진행되었던 그 프로그램은 외지에서 인구 소멸 지역인 울릉도에 들어온 청년들이 어떻게 이주해서 살아갈 수 있을지에 대한 연구의 일환으로 기획되었다. 프로그램을 만들고 진행을 맡은 회사 '로모'는 서울에서 설명회를 열었다. 마침 집에서 가까운 곳에 열리니 가서 무슨 이야기를 하는지 한번 들어보기로 했다.

설명회에 도착해 적당히 눈에 안 띌 것 같은 곳에 자리를 잡았다. 일주도로를 공사하는 중이라 해안도로를 따라 섬을 한 바퀴 다 돌 수 없다는 작고 먼 섬 이야기를 들으며 과연 저기서 한 달 동안 뭘 할 수 있을까 싶었다. 한 달은 너무 길 테니 한 2주 정도면 될 것 같았다. 그때, 맨 앞에 앉은 어떤 분이 계속해서 질문을 해댔다. 울릉도에서 살고 싶은데 그곳에 사는 청년 인구는 몇 명쯤 되는지, 인프라가 얼마나 구축됐는지 굉장히 구체적으로 현실적인 부분에 대해 질문했다. 아직 나이도 젊어 보이는데 어떻게 저런 섬에서 살고 싶다는 생각을 하는 건지 세상엔 참 다양한 사람이 있다고 생각했다.

구직을 앞둔 시점에 한 달을 머나먼 섬에서 지내보고 싶다는 기대감을 지원서에 듬뿍 담았다. 지원 단계부터 근거 없는 자신감에 김칫국을 한 사발 마시고 결과가 나오기 전부터 떠날 채비를 시작했다. 울릉살이 참가자 중 한 명으로 선정되었다는 소식을 듣고는 내가 안 가면 누가 가냐며 당연한 결과라 자찬했다. 나중에 들은 바로는 파격적인 조건 덕에 지원자가 많아서 5:1 정도의 경쟁률을 기록했다고 한다. 오랜만에 설레고 신나는 감정이 오랫동안 사라지지 않고 계속되었다.

울릉도로 향하기 전 로모에서는 울릉도에서 함께하게 될 열한 명을 모아 서울에서 사전 미팅을 두 번에 걸쳐 진행했다. 비슷한 나이에 비슷한 성비로 모인 사람들은

로모가 정해준 규칙에 따라 서로 나이와 직업을 묻지 않기로
하고 서로의 가치관과 생각을 이야기하며 처음 알아가기
시작했다. 하지만 나는 무궁무진한 호기심과 도전으로 졸업
전에 꽤 다양한 사람을 알게 되었던 터라 친구는 더 사귈
필요가 없다고 생각했다. 학교를 졸업하고 만난 사람과
친구가 되긴 어렵다고 믿었던 때였다. 사람에게 몹시 지쳐
있던 나는 혼자 여행하거나 아무도 만나지 않고 집에서 계속
혼자 있었다. 그래서 울릉도에서 함께하게 될 사람에게도
큰 관심이 없었다. 어차피 몇 주 있으면 다시 헤어질
사람이었으니까.

　　시간이 흘러 여러 참가자의 술회를 듣자하니 내
첫인상이 그다지 좋지 않았다. 인사를 먼저 해도 받는 둥
마는 둥 했고, 말을 걸면 대충 쳐다보고 말았다고 한다.
사전 미팅까지만 해도 그 한두 시간을 전혀 모르는 사람들과
이야기해야 하는 게 부담스러워 끝나자마자 부리나케 집에
가버렸다. 울릉도까지 가는 길을 선택할 때도 가장 많은
사람들이 고른, 포항에서 가는 방법으로 결정했다. 강릉에서
가는 것이 제일 빨랐지만 강릉에서 출발하는 두세 명과
어색한 시간을 보내고 싶지도 않고 적당히 인원이 많은
무리에 버무려지는 쪽이 더 편했다. 열한 명의 참가자와
로모에 대한 내 감정은 그 정도 얕은 소속감이었다.

울릉도로 향하는 길

울릉도로 향하는 길은 너무나 험난했다. 서울역에서 5시 반에 출발하는 포항행 기차를 타기 위해 새벽 4시에는 일어나야 했다. 서울 집이 서울역과 가까워서 다행이었지 멀리 사는 사람은 새벽 2~3시에는 일어나서 택시를 탔다고 했다. 그 시간까지 밤을 새우는 건 가능해도 그 시간에 내 의지로 일어날 수 없다는 걸 이미 잘 알았기 때문에 출발하기 전날 밤은 아예 잠을 안 잤다. 울릉도에 머무는 기간을 2주로 예상하고, 8월 중순에서 9월 초반까지 머물 짐을 밤새 챙겼다.

푸르스름한 새벽, 서울역에서 기차를 타고 포항으로 향했다. 포항이라 하면 호미곶과 포스코가 있는 곳이 아닌가. 기차 좌석에 앉고 나서야 태어나 포항에 처음 가본다는 사실을 깨달았다. 기차가 출발하니 슬슬 긴장이 풀려 도착할 때까지 내내 잠만 잤다. 포항역에 도착하고 마침 같은 기차에서 내렸다는 다른 참가자를 만나 여객선터미널까지 함께 택시를 탔다.

　울릉살이를 함께할 사람과 처음 일대일로
대화하는 순간이었다. 20대 내내 요리를 하며 전 세계를
떠돌아다녔다던 소피는 울릉살이가 끝나는 9월에 곧장
덴마크 코펜하겐으로 워킹홀리데이를 갈 예정이었다.
호주에서 워킹홀리데이를 마치고 돌아와 덴마크로 가기 전에
울릉살이를 하러 떠나는 중이었던 것이다. 워킹홀리데이
비자만 수차례 받아 여러 나라에서 살아본 소피는 해외에서
사는 삶에 대한 동경이 있었던 내게 무척 흥미로운
사람이었다.

　택시에서 소피의 이야기를 듣다가 영일대해수욕장에
있는 여객선터미널에 내렸다. 사람들이 속속 도착했고, 9시
50분에 출발하는 썬플라워호를 타기 위해 대기를 했다.
터미널에서는 파도가 높니 어쩌니 하는 이야기가 흘렀다.
뭔가 탑승 절차에 차질이 생겼다는 생각이 드는 차에, 큰
공간을 왕왕 울리는 방송이 흘러나오자 웅성거리던 여러
사람 목소리가 일순간 잦아들었다.

　"현재 높은 파고로 인하여 출항이 30분
지연되었습니다. 다시 한번 알립니다..."

출발 지연은 보통 실시간 기상을 바탕으로 결정되기 때문에 30분에서 한 시간마다 당장 출발할지 지연될지를 방송으로 알려준다. 그 방송을 듣고 바로 배를 타야 할 수도 있으니 터미널에서 먼 곳을 갈 수도 없었고, 터미널 안에 있자니 앉을 자리가 없었다. 파도가 높아서 아예 결항되는 게 아니면 언제 배가 뜰지 알 수 없는 애매한 상황이 되는데, 하필 처음 울릉도에 가는 날이 그랬다. 여객선터미널 근처 방파제를 계속 왔다 갔다 하면서 소피와 이야기를 이어 하고, 영일대 근처 맥도날드에 가서 햄버거를 사먹으며 출항을 기다렸다. 9시 50분에 출발할 예정이었던 배는 지연을 거듭하다가 오후 1시경 마침내 출항이 결정되었다. 대기만 하다가 결항이 되면 어쩌나 했는데, 배가 뜰 수 있다는 사실에 가슴을 쓸어내렸다.

마침내 울릉도 도착

2,000톤 급 썬플라워호는 1994년부터 2020년까지 운항했다. 2018년 당시엔 울릉도를 오가는 선박 중 가장 큰 배여서 결항률이 다른 선박보다 낮고, 가벼운 배에 비해서 멀미도 덜했다. 배에 오르며 새로운 곳으로 여행한다는 설렘과 멀미에 대한 긴장감이 동시에 들었다. 제주도에서 마라도로 들어가는 배에 탔다가 심하게 토했던 기억이 떠올랐다. 그러고 보면 우리나라 안에서 큰 배를 세 시간이 넘게 타볼 일이 없었다. 혹시 몰라 모자를 푹 눌러써서 눈앞을 가리고, 이어폰을 껴서 귀를 막고, 마스크를 써서 코도 막았다. 다행히 전날 밤을 꼴딱 새워 무척 피로한 상태여서 앉자마자 깊은 잠에 빠졌다.

한참을 자고 있는데 누가 옆에서 뛰어나가는 느낌에 잠깐 잠에서 깼다. 배가 파도에 속절없이 뒤흔들리는 상황이라 옆자리에 앉은 한 울릉살이 참가자가 토하고 있었고 어떤 사람은 화장실로 급히 뛰어갔다. 좌석 옆

바닥에는 돗자리를 깔고 누운 할머니들이 멀미 때문에
이마를 짚고 계셨다. 혼란한 주변을 보면서 평소에 멀미를
잘하는 편인 내가 아직 괜찮은 것이 무척 다행스럽다가
이렇게 깨어 있다간 언제든 토할지 모르니 다시 잠에 들기
위해 눈을 질끈 감았다. 전날 밤에 한숨도 못 잔 덕을 톡톡히
보기도 했지만 아침에 한 알 먹고, 또 배 타기 직전에 한 알
더 먹은 멀미약이 제대로 효능을 발휘했다. 약 기운에 바라본
아비규환 배 안, 울릉도로 향하는 바다 위 썬플라워호는 마치
해롱해롱한 꿈 같았다.

　　　원래대로 오전 9시 50분에 출발했으면 해가 반짝이는
오후 1~2시 사이에는 도착했을 텐데 도동항 터미널에
도착하니 이미 해가 뉘엿뉘엿 저물고 있었다. 안쪽으로 폭
들어간 항구에 무사히 접안하고 드디어 내렸다. 시골 어촌
마을을 상상했는데 네모난 건물이 즐비하게 늘어선 동네가
보였다. 도동항을 감싸고 있는 돌산은 척 보기에도 거칠고
험준해 보였다. 네 시간을 넘게 울렁거리는 배에 앉아서
멀미를 안 하려고 기를 쓰다보니 너무 피곤하고 정신이
몽롱했다.

　　　나처럼 정신없는 승객들이 좀비처럼 우르르 터미널을
빠져나가고 승객을 마중 나온 울릉도 사람이 저만치 항구
앞을 가득 메우고 있었다. 울렁이는 배에 몇 시간 있었다고

단단한 땅을 밟으니 어지러운 것 같았다. 뱃일하는 사람은
땅에서 멀미한다던 말이 그냥 나온 말은 아니구나 싶었다.
여행을 하며 이렇게 배를 오래 타고 여객선터미널을
이용해본 일이 처음인데 공항이나 버스터미널과
비슷하면서도 다른 모든 광경이 낯설었다. 어서 짐을 풀고
고픈 배를 채우고 싶다는 생각을 하며 항구 앞에서 기다리던
승합차에 올라탔다.

　　　제주도를 비롯한 섬에는 어디나 그렇듯 해안가를
따라 해안도로가 쭉 깔려 있다. 보통 섬은 해안도로를
통해 한 바퀴를 돌 수 있기 마련인데 울릉도는 해안도로가
2019년에야 비로소 완공되었다. 지금은 개통된 일주도로로
가면 울릉읍 저동에서 북면 천부까지 차로 15분 만에 갈
수 있는데, 전에는 그 도로가 없어서 천부와 저동은 맞닿아
있음에도 반대로 한 바퀴를 돌아 차로 한 시간 반을 가야
했다. 숙소가 북면 추산에 있어서 차를 타고도 한 시간
정도를 달렸다. 가는 동안 해가 저물고 있어서 운 좋게 창가
자리에 앉아 해가 저무는 바다를 바라보았다. 동해로 저무는
노을은 처음이었다. 2018년 여름 서울은 더워서 난리였는데,
울릉도는 8월 중순 한여름인데도 저녁 공기가 차가웠다.
서울 집에서 해가 막 뜨는 새벽 출발해서 해가 저물 때 겨우
울릉도에 도착했다. 하루가 아주 길었다.

울릉도에서의 첫 아침

≈≈≈≈
≈≈≈≈

퇴사하고 불면증에 시달렸다. 밤이 깊어갈수록 정신이 또렷해졌다. 잠을 못 자서 피곤하면 낮에라도 잘 수 있을 줄 알았는데 아무리 피곤해도 잠을 제대로 못 잤다. 그러면서 컨디션이 안 좋으니 입맛도 없고, 살이 많이 빠져서 안색이 안 좋아 보이는 게 고민이 될 정도였다. 울릉도에서 지내면서는 모든 의무감에서 벗어나 그저 잘 자고 잘 먹는 일에만 신경을 쓸 거라고 다짐했다.

울릉도의 첫날, 서울에서부터 약 열두 시간 동안 산 넘고 물 건너오느라 고생해서 그런지 밤엔 아주 깊은 잠을 잤다. 그런 단잠은 참으로 오랜만이었다. 다음 날 아침 8시 30분, 철썩하는 파도 소리를 들으며 눈을 떴다.

숙소는 추산에 있는 한 펜션이었다. 로모에서 송곳봉 아래 있는 추산이 울릉도에서 가장 좋은 곳이라며 서울에서부터 잔뜩 기대를 심어준 숙소였다. 아침에

일어나서는 바다가 내려다보이는 테라스에서 커피를 내려
마셨다. 숙소 앞 바다는 무척 투명했다. 위에서 내려다보면
바닷속 바위가 훤히 보였다. 바다가 푸르고 투명해서
하염없이 물속을 들여다보았다. 정원으로 나가면 하늘까지
닿을 만큼 큰 키와 아침 햇볕을 받아 더욱 거친 질감을
자랑하는 송곳봉의 위엄에 감탄이 터져나왔다. 굳이 어딜
가지 않고 숙소 안에서 보내는 일과만으로도 울릉도에 오길
잘했다고 생각했다.

어릴 적 꿈, 나리분지

〜〜〜〜〜

　　어린 시절 지리 과목을 좋아했는데 책에서
안데스산맥은 연중 기온이 고르고 한국의 봄철 날씨가 1년
내내 이어진다고 하는 걸 보고 그곳에 살고 싶다는 꿈을
꿨다. 울릉도 역시 기온이 연중 고른 편이다. 연교차가 적고
눈이 많이 내리는 독특한 기후와 화산 지형인 덕에 울릉도는
한국지리 과목에서 아주 중요하게 다루는 곳이다. 울릉도에

대해선 다른 건 몰라도 울릉도의 월별 기온 그래프 모양은 잘 알았다.

교과서 귀퉁이에는 조그마한 사진으로 나리분지가 나와 있었다. 그 사진 속 나리분지 풍경을 마음 한구석엔가 품고 있었나보다. 마침 다 함께하는 일정으로 숙소를 벗어나 처음 가본 곳이 나리분지였다. 해안도로를 달리는 차가 어느 산길로 올라가기 시작하더니 구불구불한 길을 달려 도착했다. 실제로 처음 나리분지를 보고는 10여 년 전 교과서에서 본 사진이 떠오르며 묘한 감정이 일었다. 고등학교 3학년 때 수능을 준비하면서 가보고 싶은 곳으로 다이어리에 적어두었던 울릉도 나리분지를 실제로 보니 어린 나와의 약속을 지켰다는 뿌듯함이 마음에 차올랐다.

투명한 울릉도 바다

～～～～
～～～～

    울릉도는 해안도로를 따라 돌면 약 45킬로미터, 마라톤 풀코스 정도밖에 되지 않는 작은 섬이다. 유명한 관광지로 손꼽히는 곳은 하루 이틀이면 다 볼 수 있다. 한 달을 그 작은 섬 안에만 있다보면 같은 풍경을 보고 또 보게 된다. 지루하지 않을까 생각했던 것이 무색할 만큼 매일 보는 풍경은 매 시각 다르게 변했고, 그 모습을 보고 있자면 시간이 금세 지나 있었다. 매일같이 보는 송곳봉은 아침 볕을 받을 때 가장 선명하고, 저 먼 바다는 해류를 따라 바다 결이 이리저리 바뀌었다.

    추산 앞바다는 날씨가 흐려도 투명한 물결이 보일 정도로 맑았다. 8월 한여름엔 매일 그 바다로 들어갔다. 나는 물 공포증이 심해서 물놀이를 즐기지 못하는데 그런 맑은 바다라면 한번 몸을 담가보고 싶었다. 울릉살이 친구들의 도움으로 그 투명한 바다에 들어가볼 수 있었다. 다른

친구들은 헤엄쳐 저 먼 바다까지 수영을 다녀올 동안 나는
겨우 구명조끼에 의지해서 얕은 물가에 둥둥 떠 있었다. 그게
내 물놀이의 전부지만 물이 흐르는 대로 몸을 가만히 뒀을
때 느껴지는 묘한 해방감이 좋아서 자꾸만 바다로 들어가고
싶었다.

소피의 울릉도 미식회

함께 울릉살이를 한 친구 중 포항에서부터 만난 소피는 20대를 온통 외국을 떠돌며 요리사로 일했다. 자연주의 요리에 관심 많았던 차에 울릉도의 깨끗한 바다에 감명을 받고는 바닷물을 말려서 천연 소금을 만들기도 했다. 산나물과 옥수수, 홍감자 같은 다양한 울릉도산 농산물을 맛보고 들과 산을 다니며 자연에서 피어난 풀까지 먹어보았다.

드디어 울릉도 한 달 살기 단체 채팅방에서 알람이 울렸다.

'소피의 울릉도 미식회 선착순 5명 모집'

울릉도 바닷물을 퍼서 소금까지 만들던 소피가 드디어 요리를 하나 보다. 재빨리 참여 의사를 밝히고 소피가 있는 옆방으로 달려갔다.

　　메뉴는 울릉도 '뿔소라 비빔라면'과 '달걀 샐러드'였다.
태풍이 몰고 온 세찬 바람이 불어닥치는 탓에 나갈 수
없던 날 아주 먹기 좋은 한 상이었다. 소피는 울릉도의
자연에서 구할 수 있는 식재료로 만든 요리를 선보이는 작은
레스토랑을 이 섬에서 해보고 싶다고 했다. 무모하고도
막연하게 멋진 그녀의 꿈을 기대하게 되는 식사였다.

종교 대통합 울릉살이

울릉도 마을을 다녀보면 유난히 십자가가 많이
보인다. 기독교 비중이 낮은 경상도 지역임에도 인구의
30퍼센트 이상이 기독교 신자일 정도다. 그 배경엔
울릉도만의 독특한 역사가 있다. 조선시대에 왜구의 침범을
방어하기 위해 울릉도 거주를 금지했다가 1800년대 후반
고종 때가 되어서야 공식적으로 울릉도 거주가 허가됐다.
그때 소위 '개척민'이 울릉도로 막 들어와 척박한 땅을 일구던
어려운 시기에 육지에서 온 목사, 선교사가 교회를 만들었다.
교회는 부족한 의료 환경에 도움을 주는 등 여러 역할을
했다고 한다. 고립된 동네라 커뮤니티의 역할이 중요하기도
하고, 자연에 영향을 많이 받으니 신앙을 갖고 기도할 일이
많았을지도 모른다.

울릉살이 참가자 중 교회를 다니는 교인이 몇몇 있어서 나도 그들을 따라 일요일엔 교회를 가서 예배를 드리곤 했다. 나는 종교와 거리가 있는 삶을 살아서 신앙심이 있거나 주일 문화를 잘은 모르지만 성경 속 말들이 어쩐지 마음에 위안이 되는 것 같았다. 무엇보다 새 사람들이 교회에 오니 목사님이나 이웃분들이 무척 환대해주시면서 점심을 잘 챙겨주셨다. 젊은이들이 밥은 어찌 먹냐며, 한국인 특유의 밥걱정이 이어졌고 온갖 반찬을 싸주셨다. 덕분에 숙소에서도 반찬을 양껏 먹을 수 있었다.

교회뿐 아니라 성당과 절도 근처에 있었는데 일요일엔
북면에 있는 교회를 하나씩 가서 예배와 함께 맛있는
점심 식사를 하고, 또 어느 날은 추산에 있는 성불사에
가서 커다란 불상 앞에서 우두커니 앉아 있기도 했다.
천부성당에서는 친화력 좋은 신부님과 맥주 한잔을 한 적도
있다. 그야말로 종교 대통합의 울릉살이였다.

울릉도에 찾아온 태풍

2주가량 계속된 한여름 더위가 지나고 태풍이 한차례
몰아쳤다. 울릉도에서 내가 겪은 첫 태풍은 8월 마지막 날
찾아왔다. 바다가 내려다보이는 숙소에서 검게 변해가는
바다를 보았다. 바람이 부는 방향으로 바닷물이 이리저리
휘날렸다. 선명하던 수평선은 습기를 잔뜩 머금은 먹구름에
흐려져서 어느 순간 바다와 하늘의 경계가 모호해졌다.
바람이 많이 부니 동네 어른들이 돌 맞는다며 나가지 말라고
경고하셨다.

해안도로로 파도가 올라오고 낙석이 떨어지는 탓에
도로가 통제되어 집에만 콕 박혀 있어야 했다. 시커먼 바다에
휘몰아치던 바람이 점점 약해지는 듯하더니, 갑자기 푸른
하늘이 나타나면서 날이 반짝 개었다. 너무 빠르게 변하는
날씨에 눈이 휘둥그레졌는데, 또다시 구름이 하얗게 하늘을
뒤덮으며 흐려졌다. 하루에도 몇 번씩 변하는 섬 날씨를

가만히 보고 있으면 시간이 훌쩍 흘러 있었다.

태풍이 뿌린 비바람이 대기를 깨끗하게 만들었는지 다음 날은 날씨가 아주 맑고 화창했다. 오랜만에 버스를 타고 도동에 나갔다. 지금은 추산에서 울릉읍까지 차로 약 20분이면 가지만, 당시에는 일주도로가 다 개통되지 않아서 버스로 한 시간이 넘게 걸렸다. 자가용도 없던 우리에게는 읍내에 나가는 일이 굉장히 큰일이었다. 태풍이 지나간 그날은 날씨가 너무 좋아서 어디라도 나가고 싶어 푸른 바다와 하늘에 감탄을 연발하며 나갈 채비를 했다.

도동에 도착해서는 골목 구석구석을 걸어다니며 동네 산책을 했다. 그런데 그 많던 사람이 다 어디 갔는지 길거리에 아무도 없었다. 알고 보니 태풍의 영향으로 파도가 높아 모든 배가 결항이었다. 여행하기에 아주 좋은 늦여름 날씨였지만 관광객도 없고, 가게도 모두 문을 닫아서 울릉도 전역이 한산했던 것이다. 관광 성수기에 그런 날은 울릉도 사람에겐 꿀 같은 휴식 시간이 되곤 했다. 가게를 하던 사장님들은 문을 닫고 오랜만에 이웃을 만나 회포를 풀고 휴일을 만끽한다. 그럴 때는 마치 유령도시처럼 한산하다.

좁고 오래된 골목을 걷다보니 막다른 길 끝에 포도가 주렁주렁 열린 집 앞에서 한 할아버지를 만났다.

"오늘같이 결항 되뿌면 다덜 발이 묶이가 내일 출근 몬 한다꼬 전화통에 굽신대고 있데이."

할아버지는 갑자기 바다 날씨가 좋지 않아 결항이 되어 곤란했던 사연들을 이야기했다. 어쩔 수 없이 출근을 못 하게 되어서 난처했지만 지나고 보니 그게 제일 기억에 남는다던 울릉도 여행객, 결국 가족 결혼식에 참석하지 못한 주민 등 거대한 자연 앞에서는 아무리 중요한 약속도 소용없는 섬 이야기가 신기하기만 했다.

소피의 부모님도 아주 오래전 울릉도에 여행을
오셨다가 갑자기 배가 결항되어 울릉도에 하루 묶였던
적이 있다고 했다. 급히 회사에 연락해서 배가 뜨지 않아
회사를 못 간다고 하고 배가 뜨기만을 기다리다 겨우 집에
돌아갔다고 한다. 수년이 지난 그 일을 부모님은 종종
이야기하며 즐거워한다고 했다.

한낮에는 아직 뜨거운 여름 볕이 내리쫴지만
선선한 바람이 간간이 불어왔다. 여름이라기엔 시원하고
가을이라기엔 더운 계절, 연교차가 고른 반면 일교차가 아주
큰 특성을 가진 섬에서는 해가 저물면 차가운 바닷바람이 옷
속을 파고든다. 뜨거운 햇살과 소금 묻은 찬바람을 맞으며
아무도 없는 한낮의 도동을 걸었다. 누군가는 떠나지 못했고
누군가는 돌아오지 못한 이곳에 자발적으로 머무는 내가
누구보다 자유로운 사람이 된 것만 같았다. 머나먼 섬에
고립된다는 건 불편할 수도 있겠지만 한편으론 낭만적인
일이기도 하지 않을까.

추산 언덕에서 현포로

～～～～～
～～～～～

　9월로 넘어가면서 해가 지는 시간이 점점 당겨졌다. 애초 2주만 지내겠다고 했던 사람이 대부분이었는데 예상보다 더 많은 참가자가 울릉살이를 연장하길 희망했다. 8월에 열한 명이 시작했던 울릉살이를 9월에는 일고여덟 명이 함께 이어가보기로 했다. 육지로 돌아가는 친구들과 작별하고 2주간 지냈던 추산 언덕의 전망 좋은 펜션에서 현포에 있는 빈집으로 이동했다.

　추산이 송곳봉 아래쪽에 위치해 엄청난 경사가 있는 마을이라면, 현포는 노인봉과 대풍감이 감싸고 있는 작은 어촌 마을이었다. 현포는 약간 경사가 있는 마을이라 전경이 한눈에 들어왔다.

    옛날에 경로당이었던 빈 건물에서 2주 정도 살 수
있도록 울릉군에서 도와주셨다. 관광지와 숙박업소가 아닌
주민이 살고 있는 마을 안에서 살아보는 것도 또 다른 재미가
있을 것 같았다. 경로당이었던 덕인지 성별을 분리하여
공간을 쓸 수 있었다. 모두가 공유할 수 있는 거실과 주방이
있고 방과 화장실이 각각 두 개여서 여럿이 셰어하우스처럼
살기에 딱 맞았다. 보일러를 사용할 수 있도록 기름도
넣고, 마을 주민분이 오셔서 기본적인 침구를 세탁하여
준비해주셨다. 이해관계가 있는 것도 아닌데 많은 배려와
환대를 받았다. 또 다른 울릉살이를 기대하며 다 함께
오랫동안 비어 있던 집을 쓸고 닦았다.

내가 좋아하는 울릉의 노을

현포는 그야말로 초가을 노을이 아주 아름다운
동네였다. 두 개의 등대를 기점으로 해변에 만들어진
방파제를 따라 걸으며 드넓은 바다와 하늘을 보는 게 좋았다.
저녁 먹을 준비를 하다가 저물녘 하늘이 불그스름해지면
바닷가로 뛰쳐나가 노을을 감상했다. 방파제를 걸으면서
붉은빛이 내려앉아 찰랑이는 파도와 동그란 모양으로
불타는 해가 수평선 너머로 사라지는 걸 바라봤다. 해가
사라지고도 한참을 거기에 서 있기도 했다. 수평선 아래로
해가 내려가면 노을을 보던 사람들 모두 각자 갈 길을 간다.
나는 아랑곳하지 않고 해가 없어지고 분홍빛으로 물든 후
푸른 밤이 되어가는 하늘을 바라보았다. 마지막으로 해가
사라지며 타오르는 그 짧은 순간이 더 좋았다.

　　서울에서 일할 때, 특히 추운 계절엔 퇴근하고 나면 캄캄한 밤이었다. 시간이 어떻게 가는지 알아차릴 틈도 없이 밤이 되는 게 허무했다. 노을을 못 보는 게 늘 아쉬워서 바쁘지 않을 때는 시간에 맞춰서 회사 앞에 잠깐 나가 하늘을 올려다보곤 했다. 그마저도 다닥다닥 붙어 있는 빌딩에 가려서 잘 보이지 않았지만. 계절마다 매일 달라지는 일몰 시각 때문에 노을 지는 하늘을 보는 일을 규칙적인 일과로 만들 순 없었다. 여름엔 퇴근하면 이제 막 노을이 지고 있고, 나머지 계절엔 매번 일몰 시각을 검색해서 알아놨다가 업무가 적은 날엔 그 시간에 맞춰 슬쩍 회사 바깥으로 나갔다.

　　현포에서 매일 저녁은 풍경을 방해하는 소리도, 빌딩도, 아무것도 없이 수평선 하나만이 선명했다. 오로지 노을 지는 시간을 중심으로 모든 일정을 정할 수 있었다.

반짝거리는 울릉의 밤하늘

～～～～
～～～～

　해가 저물고 숙소에서 저녁을 해먹고는 소화를 시킬
겸 어둑해진 바깥으로 산책을 나갔다. 노을을 보던 곳과 같은
길을 걸으며 하늘에 총총 박힌 별을 보았다. 인생의 대부분을
도시에 살면서 별을 실제로 본 적이 몇 번 없었다. 내가 아는
밤하늘은 까맣기만 했고 별이 가득한 하늘은 누군가의 말과
사진에나 있는 거였다. 울릉도 밤하늘은 까만 도화지 위에
소금을 찰찰 뿌려둔 것처럼 하얗게 빛나는 것이 가득했다.
별이 반짝인다는 말이 관용적 표현인 줄 알았다. 반짝이는
모든 게 인공위성인 줄 알았는데 별 애플리케이션에서
확인하니 진짜 별과 행성이라 놀라웠다. 어떤 별은 마치
일부러 놔둔 듯 일렬로 선 세 개가 반짝이고 있어서 당연히
인공위성이라 여겼는데 나중에야 그게 오리온자리의
일부라는 걸 알고 또 한 번 놀랐다.

　밤하늘엔 '별똥별'이 쓱 하고 지나가기도 했다.

별똥별을 자주 보기도 했고, 어두운 와중에 새들이 계속해서
하늘을 날아다닌다는 생각을 못 해서 새를 계속 별똥별이라
오해하다가 점점 밤하늘 위를 지나가는 게 보통 새라는 걸
알았다.

　　　　거의 매일 돗자리를 들고 나가서 바닥에 누워
밤하늘을 보았다. 약간 쌀쌀한 가을밤 날씨가 추운 듯
아닌 듯 기분이 좋았다. 별똥별이 뚝뚝 여러 번 떨어지는
걸 보고는 매일 밤 언제 어디서 별똥별이 떨어질지 모르니
열심히 소원을 빌면서 밤 산책을 하다가 바닥에 누워 있곤
했다. 막상 소원을 빌려고 보니 딱히 원하는 게 없었고 이
순간이 참 좋다는 생각이 들었다. 계속해서 이곳을 누릴 수
있었으면 좋겠다고 염원했다. 울릉도 하늘을 보고 있자면
매일 그 염원이 이루어지는 것 같았다.

추산 앞바다에서 생각한 것

~~~~~~~~~
~~~~~~~~~

언젠가 친구와 추산 앞바다에 물놀이를 하러 간 날이었다. 친구는 먼바다로 수영을 하러 가고 나는 물 위에 둥실 떠서 파도에 몸을 맡기고 가만히 있었다. 물을 무서워해서 보통은 바닷가에 있어도 잘 안 들어가는데 물이 워낙 투명해서 발은 한번 담가봐야지 하다가 온몸을 담그고 있기에 이르렀다. 여전히 무섭긴 해도 물에 떠 있는 그 순간에 세상에서 제일 자유로워진 기분이 들었다. 추산 앞바다에 들어가 있으니 투명한 물 아래로 바위가 내려다보이고, 저 멀리 송곳봉이 늠름하게 서 있었다. 땅에서 보는 것과 또 다른 풍경에 취해서 한참을 물 위에 떠 있었다.

파도에 휩쓸리지 않으려고 몸을 힘주고 있다보니 지쳐서 조금씩 온몸에 힘이 빠졌다. 그렇게 파도가 치는 대로 몸이 흔들렸다. 여전히 무섭지만 동시에 편안해졌다. 그동안 너무 모든 것에 힘을 주고 있었던 게 아닐까. 물이

무서운 것처럼 세상이 무서워 휩쓸리지 않으려고 너무 애를
쓰고 있었던 걸지도 모른다. 그건 발전하기 위해 노력하는
것과 다른 이야기였다. 전공을 살려 원하던 일을 하며 회사를
잘 다니고 있었고 환승 이직도 뜻한 대로 성공했었지만
어딘가 마음 한구석이 힘들었다. 커리어를 구체화할 진로를
계획하고 있었고 열심히 저축도 하고 있었기에 객관적으로
힘든 이유를 찾을 수가 없으니 내가 유난스러운 거라
생각했다. 바닷속에서 버둥거리다 물을 한 사발 들이켜고
허우적대는 모양처럼 어쩌면 사는 일에 너무 많이 긴장하며
실체 없는 무언가를 붙잡으려 한 것 같았다.

그러고 보면 서울에서와 달리 여기서는 잘 먹고 잘
자고 잘 일어났다. 서울에선 아침에 눈을 뜨는 게 두려운
날이 많았다. 나 혼자 도태되고 있는 것만 같은 느낌이
커질수록 숨이 막혔다. 현실이 아닌 한여름 밤 꿈같은
섬에서 미래와 고민을 저 멀리 두고 매일을 살았을 뿐인데
전과 아주 다르게 하루를 살고 있었다. 너무 일상에 코를
박고 가까이서만 보고, 아무것도 아닌 일 하나도 계획해서

성취하려고 했다. 난 즉흥적이고 번뜩이는 생각이 많은
사람인데 그런 나를 누르고 자꾸만 내가 정한 이상적인 모습
안에 나를 눌러 넣으려고 했다. 발버둥 칠수록 중심을 잃고
파도에 휩쓸려 짠 바닷물만 먹게 될 뿐이었다. 산다는 게
뭐 그리 대단한 일이라고, 거대한 자연 안에서 나는 한낱
미물처럼 아무것도 아닌 존재일 뿐이었다.

　　먼바다로 수영을 가더니 시계를 잃어버리고는 울상을
지으며 친구가 돌아왔다. 친구는 시계를, 나는 내가 정해놨던
'나'를 그 바다에 벗어두고 뭍으로 나왔다.

끝나버린 울릉살이

9월 중순으로 접어들자 울릉살이 참가자들은
하나둘 집으로 돌아갈 채비를 했다. 들어올 때는 다 같이
왔지만 나갈 때는 개인 일정에 맞춰서 각자 알아서 나갔다.
처음 울릉살이를 준비할 때와 달리 생업에 매달리지 않고
온종일을 함께하다보니 서로 가까운 사이가 되었다. 낯선
섬에 모든 걸 훌훌 털고 왔다는 공통점을 중심으로 원래
어디서 뭘 하는지 상관하지 않고 편견 없이 사람을 만나본
적이 처음이었다.

일부러 나이도, 직업도 모르고 서로를 알기 시작했다.
보통 앞에 세우는 타이틀을 다 떼고 누군가를 알아간다는
흔한 일은 아니었다. 옷도 늘 반바지에 반소매 옷으로
편안하게 입다보니 더 편한 관계가 되었다. 이해관계가
얽혀 있지도 않고 다시 육지로 돌아가면 굳이 연을 이어가지
않아도 되었다. 함께 지내는 시간이 늘수록 많은 것을 알게
되긴 했지만 이 섬에서 그런 것은 중요한 게 아니었다.

호칭도 언니 오빠와 같이 나이에 따른 말 대신 서로 이름이나 별명을 불렀다. 어딜 갈 때 꼭 같이 갈 필요도 없고, 어느 날 아침에 갑자기 같이 할 일을 정하기도 했다. 서로를 존중하면서도 필요할 땐 함께하는 느슨한 관계 덕에 울릉살이가 한층 더 자유로웠다. 마냥 혼자 마음대로 하는 게 자유로울 것 같았는데 막상 혼자 여행을 다녀보니 누군가와 함께 시간을 나누고 싶단 생각이 들었다. 낯선 곳에서 혼자 있다가도 숙소에 돌아가면 만날 사람이 있다는 사실이 약간의 안정과 묘한 소속감을 주었다.

울릉도에서 한 달은 눈 깜짝할 새에 지나갔다. 차로 한 바퀴 도는 데 한 시간 반밖에 걸리지 않는 그 작은 섬을 한 달이나 있으면서 남들 가본 곳이나 동네 사람들만 아는 곳이나 다 가보고도 아직 어딘가 부족한 것 같았다. 2박 3일 정도 있었으면 차라리 가볼 만한 곳은 다 가봤으니 굳이 한 번 더 가볼 필요는 없는 곳 정도로 남았을 거다. 한 달 동안 매일 같은 산과 바다를 바라보며 다른 날씨엔 이 풍경이 어떨지, 눈 쌓인 이 동네는 어떨지 궁금해졌다. 울릉살이 프로그램의 지원은 한 달까지였다. 더 살기 위해서는 사비를 털어 집을 구해야 했기 때문에 내 장래까지 현실적으로 생각해야 했다.

마침 울릉살이를 같이 했던 사람 중 몇몇이
울릉도에서 더 머물러 보고 싶다고 했다. 마음이 맞는 사람은
나를 포함해 무려 다섯 명이었다. 8월에 함께했던 열한 명
중에 거의 절반이 남고 싶다는 의사를 보인 것이다. 이 섬에
왜 그렇게 더 있고 싶은 마음이 드는지 스스로 납득이 안
됐는데 생각이 비슷한 사람 여럿이 있으니 진짜 할 수 있을
거란 용기가 솟았다. 난 이곳이 대체 뭐가 그렇게 궁금한
걸까, 그 마음을 따라가보고 싶어졌다.

2부

우여곡절, 울릉도 정착기

울릉도에서 살아볼 결심

〰〰〰
〰〰〰

　　현포 빈집에서 살기로 했던 기간이 끝나고 다시
서울로 돌아갔다. 익숙하고도 낯선 공기가 집 안을 메우고
있었다. 울릉도에 가기 전에는 구직을 위해 포트폴리오를
업데이트하며 채용 공고를 검색하고 있었는데, 한 달이
지나고는 울릉도 생각에 휩싸여 있었다. 만나는 친구들에게
울릉도 이야기를 늘어놓느라 울릉군에서 나온 홍보대사냐는
말을 듣기도 했다.

　　서울에서도 울릉살이를 같이 하며 울릉도에 더 머물고
싶은 친구들을 계속 만났다. 한여름 밤 꿈 같은 울릉도
여름이 끝나지 않고 이어지고 있었다. 마냥 환상에만 젖어
있을 순 없으니 어떤 일을 해서 생계를 이어갈 수 있을지가
가장 큰 화두였다. 들어가서 뭘 하고 싶은지 친구들과
이야기를 나눴다.

　　육지에서 울릉도로 들어가는 배가 어디에서
출발하는지조차 몰랐던 참가자 중 절반이 울릉도에 남기로

한 걸 보면 울릉도는 관광지를 넘어 삶의 터전으로도 매력 있는 곳이란 확신이 들었다.

울릉도에 한 달을 지내면서 취직 전에 제주도로 워킹홀리데이를 갔던 시간이 많이 떠올랐다. 제주도에서도 마음을 굳게 먹었다면 더 지내볼 수도 있었겠지 하는, 그 길을 선택하지 않은 것에 대해 언제나 마음 한편에 아쉬움이 남아 있었다. 꾹꾹 눌러놨던 마음이 울릉도에서 여유를 찾으며 다시금 땅 위로 싹트고 있었다.

제주도에서 지낸 한 달 동안 주 4일 일했기 때문에 울릉도에서보다 시간이 훨씬 더 짧게 느껴졌었다. 울릉도에서는 매일 출퇴근하는 일은 굳이 하지 않기로 했다. 일하면서 살면 그곳을 누릴 시간이 없다는 걸 잘 알았고, 울릉도는 제주도보다 육지에서 훨씬 오가기 어려운 곳이니 한번 머물 때 확실하게 사계절을 느껴보고 싶었다. 그리고 이왕이면 디자인을 계속 하고 싶었다. 지금은 그런 욕심이 사라졌지만 당시만 해도 '디자이너'라는 직업을 무척 좋아했고, 어떤 방식으로든 디자인 작업을 이어가고 싶은 마음이 컸다. 울릉도에 사는 이유는 도시에서 느낄 수 없는 여유와 자유니까 내가 원하는 일을 직접 만들어서 해보자고 마음먹었다.

울릉도의 자연 경관은 두말하면 입 아플 정도로
멋있지만 육지에 비해 관광지로 개발되지 않은 부분이 많다.
당시만 해도 제주도나 경주처럼 관광업이 활성화된 동네에는
다 있는 기념품과 소품숍도 거의 없었다. 울릉도에 한 달이나
있다가 돌아가는데, 주변에 뭐라도 선물을 하고 싶어서 엄청
돌아다녀보았지만 마땅히 살 것이 없었다. 울릉도 관광
시장은 주로 중장년층 패키지여행이라 기념품으로는 보통
말린 나물, 반건조 오징어와 같은 먹거리와 옛 울릉도 지도가
그려진 등산용 손수건, 극사실적 사진이 들어간 투박한
마그넷 정도가 전부였다.

도동에 있는 '독도문방구'가 하나 있어서 그나마
다행이었는데, 당시만 하더라도 독도와 강치 캐릭터
위주의 제품이 대부분이라 '울릉도'에 대한 콘텐츠가 담긴
디자인이 있으면 좋겠다는 생각을 많이 했다. 평소에
귀엽고 아기자기한 걸 좋아해서 여행을 가면 그 동네에 있는
귀여운 상점을 찾아다니곤 하는데, 울릉도의 자연이 소재인
그림이나 소품을 파는 가게가 더 있으면 볼거리가 되고
가볍게 선물할 만한 제품을 내놓으면 판매도 잘될 것 같았다.
그런 제품을 만드는 일은 해본 적이 없지만 나도 모르게
숨겨져 있던 내 재주가 있지 않을까 하고 자꾸만 희망찬
미래를 꿈꿨다.

가장 큰 마음은 내가 만난 울릉도의 의외성을 다른 사람에게도 소개해주고 싶다는 거였다. 좋은 걸 보면 다른 사람에게도 알려주고 공감하고 싶은 마음은 본능인 걸까. 혼자서만 좋은 걸 알고 있으려니 입이 근질거려서 여기저기 소문을 내고 싶었다. 나는 지원금을 통해 부담 없이 울릉도에 머물 수 있었지만, 울릉살이는 돈을 내더라도 경험해볼 만한 가치가 있었다. 인구 문제가 주요 과제인 이런 도서 지역에서 외부 인구 유입을 위한 지원금을 받을 기회도 있었다. 이런 대화가 한참 오가다 의견이 나왔다.

"울릉도 한 달 살기 프로그램을 계속 운영해보는 건 어떨까?"

우리처럼 울릉도에서 머물러볼 기회를 더 많은 사람에게 준다면 울릉도의 고령화 문제와 관광 산업에도 도움이 되지 않을까? 다양한 가능성을 도시 사람에게 소개하는 좋은 계기도 될 것 같았다. 마침 제주도에서 시작된 '한 달 살기' 유행이 전국으로 번져가던 시기였다.

울릉살이 운영사였던 로모가 프로그램을 운영하면서 서울 사무실과 울릉도를 힘들게 오가는 것을 보니 원활한 운영을 위해 울릉도에 상주하며 일할 사람의 필요성도 느끼고 있던 차였다. 우선은 울릉도에 연고도 없고 당장 벌이가 필요하니 수익 사업을 벌여보는 걸로 방향을 잡았고, 나까지 총 3명이 함께하는 걸로 결론지었다. 한 달 울릉살이에서 진짜 울릉살이가 시작되고 있었다.

드디어 울릉도 정착?!

～～～～～
～～～～～

서울에서 울릉도에서의 미래를 구상하다보니 물리적 한계가 느껴졌다. 실제 그 지역에서 느끼며 생각하는 것에 비해 진전이 더디었고, 당장 살 집이나 울릉살이를 운영할 공간을 찾아보려면 아무래도 울릉도에 직접 가봐야 했다. 늦가을쯤 운 좋게 육지에 거주하는 사람을 대상으로 울릉도청년서포터즈를 뽑는 프로그램이 있길래 얼른 지원해 또 한 번 울릉도에 방문했다. 서포터즈로 참여하는 기간 이후에 좀 더 남아 살 집을 알아보기로 했다.

시골에서 집을 구하는 건 부동산 애플리케이션으로 시세를 파악하며 집을 찾아보던 도시와는 전혀 다른 세계의 일이었다. 들어갈 수 있는 집이 있기나 한지, 누구에게 물어봐야 하는지 알 수 없는 상황은 희뿌연 안갯속을 걷는 것 같았다.

울릉도에 산다면 울릉읍보다는 북면에 살고 싶었다. 울릉도에서 한 달을 지내면서 좋아했던 송곳봉과 노을을 매일 볼 수 있는 북면이 좋았다. 같이 울릉살이를 시작하기로 한 친구들과 함께 살 집을 구해야 했는데, 남자 두 명과 여자 한 명이라 방과 화장실이 최소 두 개여야 했다. 작은 주택이 즐비한 촌 동네에 그런 집은 찾기가 어려웠다. 부동산이 없어서 직접 마을 골목을 걷다가 이장님 같아 보이는 할아버지를 보면 괜스레 인사를 드리고 여기 살 만한 집이 있는지 여쭤보았다.

관광 성수기가 지나가고 연말이 되어가자 저 먼 시베리아에서부터 동해를 타고 내려온 북서풍이 북면에 바로 들이닥쳤다. 북면은 겨울에 바람이 너무 많이 불어서 바닷가 집은 창문을 철판으로 막아놓는 지경이다. 11월 말 주민도 잘 없는 길에 집을 보려고 낯선 사람이 돌아다니니 눈에 띄었는지 나를 쳐다보는 것 같은 시선이 느껴졌다. 얼른 다가가 말을 걸었다.

"저기, 여기서 살 집을 구하려고 하는데요! 혹시 빈집이 있나요?"

만난 주민은 대개 친절하게 대답을 해줬다. 마땅한 집이 없는 것도 문제였지만 어떤 주민은 남자 두 명과 여자 한 명이 함께 살 수 있는 이상한 집은 없다며 나를

쫓아내기도 했다. 셰어하우스에는 성별 상관없이 여럿이
살 수 있지 않냐고 생각했지만 시골에서 이런 주거 형태는
받아들이기 힘든 일인지 싶어서 조금 위축되었다. 나도 혼자
사는 게 제일 좋지만 울릉도에서, 그것도 북면에서 혼자 살
만한 집을 구하는 건 거의 불가능해 보였고 살 집이 있다고
해도 주거비가 비싸서 고려할 수가 없었다.

　그러던 어느 날, 여행하는 동안 가지 않던 동네
구석구석까지 차를 타고 다니다가 저 먼발치에 똑같이 생긴
전원주택 다섯 채가 쪼르르 서 있는 걸 발견했다. 한달음에
달려간 그곳은 바닷가에서 꽤 깊은 산속으로 들어간 마을
구석에 있지만 규모가 무척 커 셋이 살기에 충분하다 못해
과분해 보였다. 다섯 채 모두 사람의 기척이 없었고 주변엔
다른 이웃도 없었다. 근처 표지판에 적힌 이름으로 보아
펜션으로 운영하는 집인 것 같았다. 다행히 연락처가 있어서
전화를 해보니 집주인은 육지에 계신다고 했다. 흔쾌히 집
내부를 볼 수 있게 해주셔서 들어가 보니 세상에, 방 세 개에
화장실도 세 개인 집이었다! 거기다 거실도 두 개, 앞뒤로
탁 트인 마당까지. 우리 셋이 각자 방과 화장실을 하나씩
차지하고 살 수 있는 집을 드디어 발견한 순간이었다.
　보증금 1,000만 원에 월세 100만 원이 좀 넘는

돈으로 1년 계약했다. 방이 세 개니 남자 두 명이 한 방을
쓰고, 남는 방은 게스트룸으로 사용한다면 규모를 작게 해서
울릉살이 프로그램을 시작해볼 수도 있었다. 시골에서 좋은
집까진 기대에도 없었는데 예쁜 2층 전원주택에서 살게
되어 어리둥절한 마음과 함께 하늘이 나를 울릉도에 살게 할
작정이신가 싶었다. 생각보다 큰 어려움 없이 딱 맞는 집을
만나게 되어 내 울릉살이는 순조롭게 시작되고 있었다.

　　살고 있던 서울 원룸에는 전세로 들어가 있었다.
울릉도에 올 때쯤 전세 기간이 만료되어서 전세금을 빼고
주소도 울릉도로 옮기고 싶었지만 집주인이 전세금을
반환하지 않아서 내 첫 자취방 전세금을 다 날릴 상황에

처했다. 본가에서 독립 후 첫 월급 140만 원 중 60만 원을 근근이 적금으로 밀어넣으며 서울살이를 시작하던 내게 전세금 6,500만 원이 날아간다는 사실은 받아들이기 어려운 현실이었다. 울릉도로 이사를 과감히 결심했던 건 전세사기 당한 집에서 법적 다툼을 벌이며 계속 살아야 하는 처지가 심적으로 힘들다는 이유도 컸다. 어차피 그 집에는 짐을 둬야 하니 불행 중 다행이라 해야 할지 관광객이 없는 겨울엔 육지에 나가 살 집이 있는 셈이었다.

　　서울에 집이 있는 덕에 울릉도로 이사를 할 때 내 옷과 생필품 몇 가지만 우체국 택배로 부치면 되었다. 막상 이사해놓고 보니 '몇 가지'라기엔 짐이 많았다. 뭐가 얼마나 필요할지 모르니 우체국 5호 택배 박스 열 개를 울릉도로 부치고 이삿날 가져갈 캐리어 두 개에도 옷이며 신발을 가득 쌌다. 서울 집에 처음 이사를 오던 날엔 캐리어 두 개 가지고 들어왔는데, 그 집에 짐이 이렇게 늘어서 택배 박스만 열 개를 포장하고 있으려니 묘한 감정이 일었다. 이삿짐까지 싸들고 아주 울릉도로 이사를 한 건 2018년의 마지막 날이었다. 눈이 내려 꽁꽁 언 길로 도저히 차가 들어가지 못해 짐을 이고 지고 오르막을 거의 기어올라 집으로 갔다. 이미 집 앞에 문을 막고 쌓여 있는 우체국 5호 택배 박스 열 개가 나를 맞이하고 있었다.

울릉도 인플루언서, 상상도 못 한 전개

울릉도 정착을 준비하면서 시골로 이주하는 청년을 위해 지자체에서 운영하는 지원사업이 있다는 걸 알게 됐다. 지원사업에 참여하려면 창업해야 했고 자연스럽게 내가 참여했던 프로그램과 유사한 '울릉도 살아보기' 프로그램을 운영하는 회사를 만들었다. 같은 집에서 살아보기로 했던 친구 둘과 함께 사업계획서를 만들어서 지원사업에 도전했고 다행히 합격해서 월세를 지원받게 되었다.

모든 것이 딱 들어맞았다. 퇴사 후에 울릉살이 프로그램에 참여한 것, 울릉도에서 살 집을 구한 것, 그리고 지원사업에 합격한 것 모두. 특별히 노력하지 않았는데 울릉도로 빨려 들어가는 것 같았다. 이왕 이리된 거 굶지 않을 정도만 돈을 벌 수 있다면 새로운 일을 해보자고 생각했다. 20대 중반은 울릉도에서 어른 취급도 못 받는 '학생' 정도의 어린 나이였다. 어차피 도전하다가 실패하더라도 다시 서울에서 취직하면 되었다.

요즘 트렌드에 맞게 인스타그램부터 만들기로 했다. 당시만 해도 울릉도 주요 관광객은 중장년층 패키지여행 상품 이용자여서 SNS에 울릉도 사진이 많지 않았다. '울릉살이'에 관심 가질 주 소비자는 외지인이고 나와 비슷한 나이에 비슷한 관점을 가진 도시 사람일 거라 예측했다. 그들의 관심을 끌 만한 콘텐츠가 필요했다. 내가 할 줄 아는 건 사진을 찍고 그림을 그리는 일이니 그동안 찍은 울릉도 사진을 인스타그램에 올렸다.

본명으로 인스타그램을 운영하는 건 부담스러워서 내 별명인 '묘은이'로 활동했다. 울릉도에 살아본 기간이 얼마 되지 않으니 콘텐츠가 별로 없어 묘은이가 주인공인 창작 콘텐츠를 만들기로 했다. 주변 캐릭터를 더 만들어 나름 세계관도 구성했다. 울릉도에 살면서 막연히 상상했던 내용을 소설로 쓰고 간단한 웹툰도 그렸다. 이웃을 새로 사귀어야 할 테니 인스타그램에서 울릉도 이야기를 하면 자연스레 여러 관계를 만들 수 있을 거란 기대도 했다.

같이 울릉살이를 시작한 친구와 함께 스토리 구조를 짜고 글을 썼다. 한때 내 꿈이 작가이기도 해서 취미로 소설을 써보곤 했다. 스트레스를 받으면 어디 말은 못 하고 풀어내긴 해야겠으니 글을 썼다. 있는 그대로 글로 쓰려니 마음에 걸리는 부분이 많아서 인물을 바꿔서 각색하고 소설을 쓰고는 다시 꺼내보지 않았다. 내 글을 남들 앞에 드러내는 건 처음이라 긴장되기도 했지만, 누가 보겠냐 하는 생각으로 무턱대고 글을 써젖혔다. 글은 어렵지 않게 썼지만 그림은 달랐다. 입시 미술을 하고 디자인을 전공했지만 그림을 잘 그리지도 좋아하지도 않았다. 그림이라도 있어야 누군가 볼 테니 '일'이라 생각하며 조금씩 그리기 시작했다.

그렇게 구상한 콘텐츠에는 나를 모티브로 만든 캐릭터 '묘은'이 혼자 울릉도 여행을 왔다가 태하에 사는 아는 언니 집에 빌붙어 살면서 농사를 지으며 서서히 정착하는 이야기가 담겼다. 내 이야기를 80퍼센트 녹이고 영화 〈리틀 포레스트〉의 김태리(혜원 역)를 20퍼센트 정도 떠올리며 만들었다. 현포에서 머물 때 친하게 지냈던 웰시코기

'빡구'도 등장시켰다. 당시 인스타그램에 울릉도 정보가 많지 않아서 그런지 울릉도 주민들이 먼저 반응해주셨다. 울릉도가 담긴 콘텐츠에 반가워해주셨고 여러모로 허술한 캐릭터지만 진심으로 좋아해주셨다.

하지만 연재가 이어지면서 실제 지명과 강아지가 나오는 탓에 울릉도 주민들은 소설의 주인공 묘은이가 실존한다고 오해했다. 가상의 인물이며 창작물이라고 표기를 해도 한동안 내가 묘은이와 동일한 인물이라 생각하는 주민을 종종 만났고 그때마다 해명을 해야 했다. 계속 오해를 받다보니 도저히 안 될 것 같아서 황급히 묘은이 이야기 연재를 종료했고 실제 셋이 울릉도에 정착하는 이야기를 담은 생활툰을 새롭게 연재하기 시작했다. 새로 연재하는 건 생활툰이기에 새로운 닉네임을 만들어야 했다. 나는 무언가를 만드는 역할을 맡고 있었기에 '공작소'라는 말에서 아이디어를 얻어 '작소'라는 이름의 캐릭터에 내 모습을 담았다.

디자인 전공이지만 그림 그리는 수업은 최대한 피해 다녔던 터라 그림을 그리고 그 결과를 여러 사람에게 드러내야 한다는 게 가끔 어렵게 느껴졌다. 우선은 꾸준히 연재해보기로 했다. 젊은 인구가 적은 울릉도에서 인스타그램을 하는 주민도 잘 없는데 외지인이 정착한다며

웹툰을 그리는 게 신기해 보였나보다. 그 호기심을 바탕으로
팔로워가 날로 증가해서 몇천 명 단위로 넘어갔다. 당시
기준으로 울릉도에서 가장 많은 팔로워를 보유한 울릉도
인플루언서가 되었다.

　　　주민분들을 만나면 생각보다 많은 분들이 나를
'작소'라 부르며 먼저 인사해주시곤 했다. 인스타그램에
내 사진을 올린 적이 없지만 울릉도 정착 초기에 교양
다큐멘터리 몇 군데에 출연했더니 얼굴을 알아보셨다.
심지어 포항죽도시장에서도 '작소?' 하고 알아보신 분도
있었다. 읍내 카페에 앉아서 웹툰을 그리고 있을 때에도
옆자리에서 내 인스타그램을 찾아보고 '맞지? 맞아!' 하는

수군거림을 듣기도 했고, 사인을 요청하는 주민분도 계셨다. 나는 모르는데 나를 아는 사람이 많았다. 서울에서는 천만 명 중 한 명이었는데 이 동네에서는 내가 모르는 사람이 나를 아는, 살면서 느낀 적 없는 이상한 경험을 매일 했다.

라디오와 방송에 몇 번 출연하고 마치 연예인이 겪을 만한 일을 경험하면서 내가 관심 받는 걸 즐기는 '관종'이 아니란 사실을 깨달았다. 나는 이상할 정도로 카메라 앞에 나서는 게 어렵고 부끄럽고, 너무 많은 사람을 알고 지내는 일도 힘들었다. 웹툰에 등장하는 '작소'는 활발하고 해맑은 친구로 그려지고 있었는데, 실제 나는 작소보다 내향적이고 낯을 가린다. 내게 다가오는 사람은 보통 인스타그램 속 작소를 생각하며 나를 대하니까 그 기대에 부응하고자 작소처럼 평소보다 더 높은 목소리로 반가움을 표했다. 내가 더 발랄하고 나서는 걸 좋아했다면 애초에 울릉도에 사는 이야기로 유튜브를 하면서 새로운 사람을 잘 사귀었을 텐데. 만나는 사람마다 유튜버 하라는 말을 했지만 실제 성격 탓에 그러지 못했다.

인스타그램을 중심으로 이웃을 알아가면서 몇 개월이 흐르고 읍에 나간 어느 날 우연히 아는 사람을 많이 만났다. 몇 발짝 걷다가 아는 사람을 만나 인사를 하고, 또 저쪽에서 누가 나를 부르고, 조금 더 가다가 또 악수를 했다. 하필

그날 육지에서 놀러 온 내 친구와 함께 있었는데 친구가
여기 온 지 얼마나 됐다고 벌써 아는 사람이 이렇게 많냐며
혹시 정치할 생각이냐고 물을 정도였다. 그만큼 여기가
사람이 많지 않은 좁은 사회라서 도시에 살던 사람 기준에선
익숙하지 않은 경험이긴 하다.

　　　감사하게도 많은 분이 생활툰을 좋아해주셨다. 그걸
보시고는 여기저기서 많은 연락이 왔다. 예능을 비롯한
방송사에서도 여러 번 연락이 왔으나 울릉도 이주 초반에
몇 번 방송에 출연해보니 도무지 적성이 아니라 전부
거절했다. 그냥 울릉도의 여유로움이 좋아서 왔을 뿐이고
흔히들 그리는 일상툰을, 그것도 어설프게 몇 개 그려서
올리는 게 다인데 왜 이렇게 관심을 받는 건지 어리둥절했다.
그만큼 이곳에 새로운 콘텐츠가 없었다. 불과 몇 년 전인데
그때만 해도 울릉도에 대한 유튜브 영상이 하나도 없었으니
지금과는 또 다른 시절이었다.

졸업과 취업과 이직을
쉼 없이 이어가던 작소는

이름: 작소
나이: 20대 후반
직업: 디자이너

노후   학교
교육   취업
          회사이직과 퇴사
          엔탈탈탈...
자식   결혼   가뿐!
인생의 쳇바퀴
(내림)

퇴사 후 여행 온 울릉도에서
송곳봉씨에게 반하고 마는데

송곳봉씨

서울에 돌아가서도
맑은 공기와 느긋함을 떠올리며
울릉도 홍보대사를 자처하던 작소는
자꾸만 울릉도가 그립다.

우선 울릉도에서 어떻게 해야 살아남을지
고뇌하...다가 일단 울릉도에 왔다.

무작정 들어온 울릉도에서
일단 서울에서 하던 디자인 외주를 계속하고,
조금씩 만든 기념품도 만들어 팔아보았다.

막상 살다 보니 친구가 그리워지는 섬.
친구들을 한 명, 두 명 초대하다가

울릉도 여행을 넘어 여기에 살아보는 기회를
더 많은 사람들과 나누고 싶어서
'뭐 좋은 방법 없나?'
하다가 만난 사람들이 있었으니

그렇게 작소는 어쩌다가
울릉살이 하우스 운영자가 되었는데...

나의 첫 울릉도 기념품 제작

〰〰〰
〰〰〰

　　일상툰과 함께 게시하던 울릉도 풍경 사진으로
엽서를 제작해보기로 했다. 울릉도의 풍경이 담긴 엽서가
없다는 게 내겐 충격적인 일이었다. 이렇게 대놓고 관광지인
곳에 엽서 한 장이 없다니. 풍경 사진을 열 장으로 추려
디자이너로 회사에 다니던 시절 이용하던 출력소에 제작을
맡겼다. 여기서 회사에서 하던 일이랑 아무 관련 없는 일을
한다고 생각했는데 은근히 회사원 시절 경험이 바탕이 되고
있었다. 만든 엽서는 인스타그램 이벤트를 열어 상품으로도
증정하고, 처음 만나는 울릉도 주민에게 나를 소개하는
용도로 선물하기도 했다. 판매를 위해 제작했지만 명함으로
주로 사용하게 되었다.

그러다 엽서를 팔아보고 싶은 마음에 도동에 있던 '독도문방구'에 찾아갔다. 이미 인스타그램을 통해 친분이 생긴 상태라 인사를 하는 게 수월했다. 울릉도 풍경 엽서를 보여드리며 판매를 부탁드렸다. 기념품 판매의 시작이었다.

인스타그램 덕분에 내가 낯선 외지인임에도 자신을 특별히 증명하지 않아도 거래처를 만들 수 있었다. 울릉도

정착 초반에 인스타그램 콘텐츠 관리에 가장 많은 시간을
들였는데 당장 돈으로 연결되진 않지만 연고가 없는 곳에서
나를 소개하는 가장 쉽고 직접적인 방식이었다. 회사에서
기업 온라인 콘텐츠 만드는 일을 했기에 아무래도 온라인
홍보 매체를 다루는 일이 익숙했다. 짧은 직장인 생활이 남긴
경력 조각들이 여기저기서 빛을 발했다.

울릉도에서의 첫 겨울

겨울에는 열심히 인스타그램을 하면서 천부에서도 산속에 있는 본천부 마을 집 안에 갇혀 살았다. 차가 없어서 이동에 제약이 많은 데다 눈이 내리면 꼼짝없이 집에 있어야 했다. 눈이 많이 내리는 것에 비해 춥진 않았다. 눈을 잘 못 보고 살았던 부산 사람이라 서울에 살 때도 겨울에 눈송이가 날리면 사무실 창밖을 바라보며 한참이고 눈 구경을 했다.

울릉도 겨울엔 예쁘게 내리는 눈이 아니라 폭풍
같은 눈이 사방팔방에서 불어닥쳤다. 군인들이 눈을
보고 하늘에서 내리는 쓰레기라고 하던데 그 말의 의미를
실감하기도 했지만 여전히 눈이 내리면 즐거웠다. 끝도
없이 오고 또 오는 눈을 보면 신이 났다. 집 앞마당에 나가서
소복이 쌓인 눈 위를 밟는 기분은 짜릿하기까지 했다. 하얀
눈밭에 발자국을 여러 군데 내며 아이처럼 뛰어다니다가
눈사람을 만들겠다고 눈 뭉치를 만들어 쇠똥구리가 된
심정으로 데굴데굴 굴렸다. 뭣도 모르고 눈덩이를 크게
만들어서 눈사람 몸통 위로 머리를 올려야 하는데 무거워서
진을 뺐다. 살면서 처음으로 내 어깨 아래까지 오는 커다란
눈사람을 만들었다.

내가 느끼기엔 눈이 정말 많이 내린 건데, 주민들은
그 겨울엔 눈이 많이 내리지 않은 편이라고 말했다. 아니
이 정도가 적다면 대체 평소엔 얼마나 눈이 많이 오는
건지. 동네 어르신께 들어보니 한 50년도 전에는 밤새 내린
눈이 지붕 높이까지 쌓여 자고 일어나면 집이 눈에 파묻혀
바깥을 볼 수도 나갈 수도 없었다고 했다. 밤인지 낮인지
알 수 없으니 창문을 살짝 열어서 창문 틈으로 기다란 나무
막대기를 위로 쿡쿡 찔렀을 때 빛이 새어 들어오면 낮이고
아니면 밤인 걸 알았다고 한다. 울릉도에 있는 모든 문이
여닫이가 아니라 옆으로 밀어여는 미닫이인 이유는 바람이
너무 강해 문이 뜯겨나갈 수 있어서 그렇기도 하지만 눈이
많이 내리면 문을 열 수가 없어서라고 했다. 눈이 지붕까지
쌓인 날엔 미닫이문을 열고 바깥으로 나갈 수 있도록 길을
내기 위해 열심히 눈을 퍼 나르는 게 흔한 겨울 일과였다고
한다. 그땐 그리 눈이 많이 내렸으니 눈사람이나 만들
수준이면 제대로 온 것도 아니란다. 눈이 1센티미터가 와서
시내 모든 학교가 단축 수업을 하고 도로가 마비되어 집까지
엉금엉금 기어서 갔던 내 학창 시절이 떠올랐다. 부산과는
전혀 다른 세상이었다.

울릉도에서 명이도 따보다

～～～～～
～～～～～

열 가구도 살지 않는 작은 마을에 살면서 몇 이웃분과 안면을 트게 되었다. 감사하게 반찬도 가져다주시고 많은 호의를 베풀어주셨다. 겨울 울릉도 산에서 채취한다는 고로쇠 물도 얻어 마셨다. 나는 주로 지리산 고로쇠를 접했는데, 울릉도에도 고로쇠 물이 나온다는 사실을 처음 알았다. 고로쇠 채취 작업은 겨울철 한두 달 짧게 이루어지는데 일급이 25만 원이 넘는 고강도, 고수입 노동이었다. 처음엔 돈을 너무 많이 줘서 놀랐는데 작업 내용을 듣다보니 눈이 한가득 쌓인 산속에 기거하며 길도 없는 곳을 헤치고 나무에 매달아놓은 고로쇠 통을 수거해야 하는 위험한 일이었다. 실제로 많이 다치기도 하고 물통이 크고 무거워서 함부로 시도했다간 병원비만 더 들겠다 싶었다. 세상에 돈을 그냥 많이 버는 일은 역시 없다.

2월 말쯤, 채 녹지 않은 눈 사이로 울릉도 봄나물 중 가장 먼저 난다는 전호나물을 뜯는 할머니를 볼 수 있었다. 전호나물은 미나릿과 식물인데 이른 초봄에 따야 부드럽고 맛있다. 갓 딴 나물을 육지로 보내면 이미 그 싱싱함이 없어져서 아주 싱싱한 전호를 무쳐 먹는 건 울릉도에서만 가능하다고 했다. 친절한 이웃분 덕분에 그 귀한 전호를 따자마자 무쳐서 먹어볼 수 있었는데, 정말 잊을 수 없는 맛이었다. 나물을 특별히 좋아하진 않았는데 바로 따서 무친 나물은 맛이 없을 수가 없었다. 울릉도에는 유명한 명이 말고도 아주 다양한 종류의 나물이 있어서 하나씩 맛보는 재미가 있다.

한겨울이 지나가고 3월쯤 접어드니 대지에 파릇한 나물이 본격적으로 고개를 내밀었다. 2월 말부터 여름이 오기 전까지는 울릉도 특산물인 산나물을 채취하고 다듬는 작업으로 동네 구석구석 바쁘다. 늦겨울 전호를 시작으로 부지깽이, 명이, 삼나물, 미역취 등 많은 주민이 나물을 따러 산으로 밭으로 다닌다. 채취한 나물은 오랜 보관을 위해 보통 간장에 담가서 장아찌로 만들어 얼려두고, 육지에 팔거나 현지 식당에 판매한다.

　　제일 유명한 명이는 밭에서 키우는 '밭명이'와
산에서 야생으로 자라는 '산명이'로 나뉘는데, 3월 말에서
4월 중순까지는 울릉도에 자라는 자연 산명이를 채취할
수 있는 기간이 따로 있다. 옛날엔 널린 게 명이였는데
부지런한 사람들이 너무 많이 따가서 개체수가 줄고 주민의
수입에 위협이 있었다. 현재는 울릉도 주민 중에서도
'산나물채취증'을 발급받은 사람만 딸 수 있다. 채취증을
발급받기 위해서는 울릉도로 주소 이전한 지 3년이 지나야
하며 소정의 돈을 내고 교육도 따로 들어야 한다. 채취증이
없는 사람의 나물 채취를 엄격하게 금지하고 있어서 봄에
등산을 가면 검문을 하는 분을 볼 수 있다. 이때 발각되면
큰돈을 벌금으로 내야 한다.

개인이 따로 관리하는 밭명이도 비슷한 시기에
채취하는데, 인력이 부족하다며 동네 주민을 통해 일손을
구하는 연락이 많이 왔다. 40일 동안 식사를 제공해주고
휴일 없이 채취해주면 10만 원씩 일당을 쳐준다고 했다.
약간 솔깃했으나 40일을 휴일 없이 노동하다가 괜히 밭
주인분께 민폐를 끼치는 거 아닌가 해서 사양하기도 했다.
그런 사정을 알아주신 어느 동네 주민분이 하루만 일해볼 수
있게 해주셔서 밭에 따라가서 명이를 자루 한가득 따본 적도
있다. 당시 하루 일당 7만 원에 아침 8시부터 오후 3시까지
일했는데 밥과 간식을 세 끼나 얻어먹고 내가 딴 명이도 조금
얻어왔다. 내가 딴 명이를 자루에 담아 무게를 달아보니
14킬로그램이었는데, 할머니들이 하면 몇 배 더 빠르고
많이 딴다고 했다. 그래도 처음 한 것치곤 스스로 잘했다고
생각했다. 제주도에서의 무 농사 경험이 밭일에 도움되었다.
역시 버리는 경험은 없다는 걸 또 느꼈다.

노동 인력이 부족한 고령화 섬의 명이 철에는 모든 주민이 나와서 나물을 딴다. 따로 가게를 하는 사장님도, 펜션을 운영하는 사장님도, 직장인도 반차를 내고 아침 일찍 명이를 따고 오후에는 본업으로 돌아간다. 산나물은 오로지 수작업으로 채취되어 값이 비싸다. 잘만 하면 꽤 수입이 짭짤해 대를 이어 나물 작업을 이어가는 집이 많다. 특히 산명이를 딸 때는 명이 집단 서식지의 위치를 마치 맛집 육수 비법처럼 가족끼리만 공유하고, 서로 묻지도 알려주지도 않는다고 한다. 그래서 보통 명이를 따러 산에 갈 때는 부모, 자식, 삼촌, 고모, 조카, 이렇게 가족 단위로 움직인다.

　　계절 특성이 뚜렷한 이 동네엔 봄엔 나물이 많고, 여름엔 관광객이 많고, 겨울엔 둘 다 없어서 쉬곤 한다. 일정하게 하나의 직업만으로 사는 게 아니라, 각자 자영업도 하고 나물도 따며 간간이 공공 근로를 하고 숙박업도 겸하는 'n잡러'가 기본이다.

울릉살이 프로그램을 만들다

나와 친구 둘은 커다란 2층 주택에 각자 방과
화장실을 하나씩 차지하고서 매일 아침 1층 거실에
모여 어떻게 일을 벌일지 고민했다. '유목민'이란 의미의
'노마드(nomad)'와 '땅'이라는 의미의 '도르(dor)'를 합쳐서
'노마도르'라는 이름의 회사를 만들었다. 노마도르는
'내가 살고 싶은 곳에 산다'라는 캐치프레이즈하에 한곳에
정착하지 않고 자유롭게 돌아다니며 일하는 환경을 만들고자
했다. 처음엔 활동 반경을 울릉도로 한정해서 회사 이름에
'울릉'을 넣으려다가 먼 미래의 여러 가능성까지 생각해서
지역 범위를 따로 두지 않았다. 각자의 삶에서 나와
'울릉도'라는 지역을 선택하여 정착하려는 우리 셋을 한
단어로 설명하기에 '노마도르'가 가장 적합했다.

여러 일을 물색해 우리가 할 만한 일을 가져오는 대표
역할, 그 일을 정리하여 실제로 진행할 수 있도록 내부에서
운영하는 역할, 그 모든 것의 시각적 요소를 구현하는 제작

역할까지 세 사람은 각자 능력에 따라 역할을 맡아 업무를
분담했다.

　　울릉살이 프로그램을 준비하면서 울릉도에 막
이사한 우리 힘만으로는 운영이 어려워서 뜻이 맞는 여러
사람과 힘을 합쳤다. 내가 처음 울릉도에 들어와 한 달을
지내볼 기회를 만들어준 '나의 첫 번째 울릉살이' 프로그램
운영사 로모가 서울에서 홍보와 운영을 돕고, 울릉도에
주택을 소유하고 계신 주민분이 울릉살이 숙소로 사용할
공간을 내어주었다. 세 그룹이 손을 잡고 울릉도에서 2주를
살아보는 울릉살이 프로그램을 함께 만들었다.
　　프로그램은 내가 참가했던 '나의 첫 번째 울릉살이'의
콘셉트를 그대로 이어갔다. 나는 울릉살이 프로그램을
알리기 위한 온라인 홍보 이미지를 제작하고, 로모와
협업하여 현지 운영 업무를 맡았다. 로모가 육지에서부터
참가자를 인솔하여 울릉도에 데려오면 현지에 있던 내가
그들에게 울릉도를 안내했다. 열 명의 참가자가 2주 동안
도미토리 형식의 셰어하우스에서 함께 살면서 각자 자유롭게
시간을 보내는 것이다. 열 명이 2주를 울릉도에서 보내고
돌아가면 또 다른 열 명이 와서 2주를 보내는 식이었다. 한
달에 총 스무 명의 손님을 받는 셈이었다.

본격 운영에 앞서 우리 인스타그램의 팔로워를 대상으로 이벤트를 열어 우리 집에 사람을 초대하고 무료로 재워줬다. 당시 이벤트를 통해 우리 집에 왔던 친구들과는 육지에서 따로 만나기도 하고 아직도 연을 이어가고 있다. 웬만하면 울릉도에서는 내가 막내인데 그 친구들은 나보다 어린 대학생이어서 이사 6개월 만에 처음 만난 또래 친구라 엄청 반가웠고, 울릉도에 막 애정이 생기기 시작했던 참이라 여기저기 좋은 곳을 알려주는 재미가 있었다.

인스타그램으로 열심히 프로그램을 홍보해서 그런지 첫 울릉살이 모집에 정말 많은 분이 지원해주셨다. 숙박비를 받는 유로 프로그램인 데다가 다 같이 한집에 살아야 하는 특성상 지원서를 보고 잘 어울릴 수 있을 사람을 선별하는 방식으로 진행했는데도 사람이 몰렸다. 나는 울릉살이에 참여하기로 확정된 분들께 사전에 울릉도까지 오는 과정을 대략 안내해드렸다. 육지에서 울릉도로 들어오려면 강릉항, 동해의 묵호항, 울진의 후포항, 포항 영일대까지 네 군데 중 한 곳의 여객선터미널에서 배를 타야 했다. 파도가 높으면 배가 결항이 되고 배마다 결항 여부가 다를 수도 있어서 각 지역 터미널에서 출발하는 배가 해당 날짜에 제대로 출발하는지 매일 지켜봐야 했다. 울릉살이 프로그램을 운영하면서 가장 스트레스를 받았던 것은 날씨였다.

　　아직 울릉도에 거주한 지 6개월 정도된 내게 매일 기상을 확인하며 결항이면 대안을 제시해야 한다는 게 쉽지 않았다. 한국 기상청 소식은 정확하지 않아서 일본과 유럽 기상청 소식까지 다 찾아보며 매일 달라지는 기상 예보를 주시해야 했다. 흔히 비가 내리거나 날씨가 안 좋으면 배도 안 뜬다고 생각하는데, 사실 하늘에서 비가 내리든 햇볕이 쨍쨍하든 결항과 상관이 없다. 맑아도 파도가 높을 수 있고 흐려도 파도가 잔잔할 수 있다. 지금은 먼바다 파도치는 모양만 봐도 결항인지 아닌지를 알 수가 있는데, 그때는 울릉도 날씨에 대해 아무런 감이 없어서 신경을 더 많이 써야 했다.

　　참가자가 울릉도에 온 기간에 나는 가이드와 셰어하우스 호스트 역할을 맡았다. 참가자가 울릉도에 도착한 날 터미널로 픽업을 나가는 게 내 임무였다. 첫째 날에서 둘째 날까지 울릉살이에 앞서 울릉도를 한 바퀴 돌며 짧게 살아본 경험담을 섞어가며 대략적으로 울릉도에 대해 소개해주었다.

　　내가 직접 참가했던 프로그램을 반대로 운영해보니 울릉도를 또 다른 관점에서 알 수 있었다. 현지 가이드를 하려니 울릉도 역사와 사회를 알 필요가 있었다. 인터넷에

나오는 온갖 울릉도 이야기를 다 읽어보고 과거 영상도 찾아봤다. 본격적으로 사람이 살기 시작한 지 150년쯤 된 곳이라 역사가 길지 않아서 다행이었다. 경주처럼 천 년 이상 역사와 문화가 있는 곳이었다면 외울 게 얼마나 많았겠냐며 안도했다. 다른 사람에게 알려주려고 따로 공부한 거지만, 나도 울릉도에 막 정착을 시작하고 있던 입장이라 내가 사는 곳에 대해 찾아서 공부하는 게 재미있었다. 울릉읍, 서면, 북면의 각각 인구, 울릉도의 경제와 산업 구조, 마을마다 서려 있는 설화 등 여러 방면을 공부한 즉시 말로 내뱉다보니 특별히 외우지 않아도 머리에 쏙쏙 들어왔다.

가이드 역할 다음으론 자잘하게 공간을 정리하고 보수하는 일을 해야 했다. 참가자가 돌아간 후에는 다음 참가자가 오기에 앞서 청소하고 세팅하는 일까지 모두 내 업무였다. 가끔은 울릉도 주민만 아는 숨겨진 장소를 소개하거나 일출이나 별을 볼 때는 함께 가기도 했고 그럴 때면 사진도 찍어주었다. 로모와 노마도르, 울릉살이 셰어하우스의 집주인까지 운영을 위해 돌아가며 울릉도에서 함께했기에 가능한 일이었다. 그렇게 내가 울릉도를 처음 만난 지 딱 1년이 된 2019년 여름엔 울릉살이 가이드 겸 호스트가 되어 있었다.

　　울릉살이 운영이 쉽지만은 않았다. 단순한 숙박업이
아니라 타지에 중장기적으로 살아보는 취지의 프로그램이라
매일 이불 빨래를 하진 않아도 되었지만 펜션 주인이
얼마나 힘든 일인지를 체험했다. 나름 집안일을 잘할 수
있다고 생각했는데 최대 열 명을 수용하는 집을 가꾸기엔
내 힘만으론 어려움이 컸고, 울릉살이와 동시에 진행하던
여러 일이 한꺼번에 겹쳐서 매일 밤이면 기절하듯 잠들었다.
인스타그램 속 작소를 궁금해하면서 오신 분들에게 피곤한
모습으로 대하는 것 같아서 죄송한 마음이 늘 뒤따랐다.

내친김에 팝업스토어 운영까지

~~~~~
~~~~~

    울릉살이 프로그램을 운영하면서 여러 가지 일을
병행했다. 울릉살이 프로그램을 막 시작하던 여름에는 저동
중심 거리에서 리사이클 제품을 판매하는 팝업스토어를
운영했다. '친환경 섬'을 표방하는 울릉도와 리사이클 제품의
결이 맞았다. 판매 물건이 주로 가방과 패션 잡화류여서
마땅히 울릉도에 여행하러 온 관광객에겐 기념품이,
울릉도 주민에겐 새로운 상품이 될 것 같았다. 쉬는 날 없이
이어지는 매장 운영은 세 명이 돌아가며 하기에도 약간
벅찼다. 가게를 하는 김에 내가 만든 제품도 진열해두고 같이
팔았다. 그곳은 울릉도에 사는 인스타그램 팔로워를 실제로
만나는 장이 되었다. 워낙 천부 산골에 살고 있어서 평소엔
직접 얼굴을 보고 말을 해볼 일이 없었는데 저동 중심 상권에
있으면서 수많은 주민을 알게 되어 좋았다.

언젠가 가게를 운영해보고 싶다는 막연한 상상을 자주
했었는데, 짧은 기간에 큰 경험을 해본 것에 만족스러웠다.
다만 한정된 매장을 온종일 지켜야 한다는 점 때문에
답답했다. 동료 남자 둘과 함께 있을 때보다 나 혼자 있을 때
진상 손님이 많다는 걸 느끼고 혼자서 가게를 열려면 경찰서
옆에서 해야겠다고 생각했다. 가게가 잘되어 매출이 잘 나와
계속 운영하는 것도 생각했지만 계획대로 여름철 3개월만
하고 정리를 했다. 그 때문에 울릉도 주민들 사이에서 가방
팔다가 망해서 나갔다는 소문이 돌았다는 걸 몇 년이 지나
뒤늦게 알기도 했다.

엽서 다음으로 마그넷

울릉살이와 팝업스토어 운영을 병행할 무렵 기념품 디자인을 다시 시작했다. 엽서 다음으로 다른 기념품이 필요하다고 생각하다가 마그넷이 떠올랐다. 그냥 찍어둔 사진으로 마그넷을 만들려고 생각도 했는데, 조금 더 트렌디한 느낌을 내고 싶어서 빈티지한 일러스트 마그넷을 만들어보기로 했다. 울릉도의 마을을 걸을 때 오래된 간판과 건물이 서울 을지로에서 느꼈던 오래된 감성과 비슷해서 빈티지, 레트로 콘셉트가 마그넷에 잘 어울릴 것 같았다.

회사를 그만두고 울릉도에 심취해 있다가 오랜만에 디자인이란 걸 해보려니 머리에 쥐가 나는 것 같았다. 인스타그램에 게시할 웹툰은 어차피 못 그리는 그림이고 완성도 보단 규칙적인 게시에 초점을 두고 있어서 괜찮았는데 제품 디자인은 잘하고 싶은 마음에 열심히 하게 되었다. 마침 울릉살이를 위해 많은 사람들이 울릉도에 와 있어서 시안을 보여주며 의견을 물어가며 작업했다.

기념품 제작은 디자인만 하면 끝나는 게 아니다. 포장 작업까지 마쳐야 온전히 끝난다. 돈을 아끼려다보니 종이 포장지, 비닐 포장지, 접착제까지 모든 부분을 적당한 퀄리티에 최저가 제품을 찾아내서 주문했다. 여러 제품을 '도서산간 배송료'를 내며 구매해보고 골라서 직접 하나씩 포장하는 작업을 마쳐야만 판매 가능한 제품 하나가 나왔다. 제작 초반에는 이게 팔릴지도 모르는데 이 노력이 의미가 있을까 하는 생각도 종종 들었지만, 여러 일을 동시에 하다보니 눈 돌리면 해야 할 일이 많아 그렇게 고민할 시간이 없었다.

울릉살이 프로그램에 참여했던 분들이 나를 좋게 봐주셔서 여러 기회가 생겼다. 그 인연으로 울릉도에서 생산하고 판매하는 상품을 모아 경기도 용인시에 있는 동춘상회에서 울릉도 기획전을 했을 때 내가 제작한 울릉도 마그넷 제품을 판매했다. 그리고 북면의 코끼리바위, 송곳봉, 삼선암, 관음도 등 울릉도에 있는 여러 스폿에 두 눈을 그려넣은 캐릭터 일러스트로 포토존을 만들었다. 그때 너무 일이 동시에 많았어서 직접 가보진 못했는데 사진으로만 봐서 참 아쉬웠다.

　당시 제작한 일러스트는 얼마 뒤 일러스트 엽서로
제작하여 현재까지도 판매하고 있다. 또 코오롱에서
운영하는 추산 코스모스리조트의 울라 티셔츠에도 그때 만든
일러스트가 들어갔다. 하나를 만들어두면 다양한 곳에 내
작업물을 사용할 수 있다는 게 재밌었다.

　　울릉도의 여러 기관에서도 여러 기회를
주셨다. 현포에 있는 한국해양과학기술원 내
울릉도독도해양연구기지 김윤배 박사님 기획으로 울릉도
독도에 서식하는 해양생물로 마그넷을 만들기도 했다.
연구소에는 비정기적으로 외부에서 견학을 오기도 하는데,
그때 연구소를 소개할 수 있는 홍보물이 필요하다고 하여
물건에 들어갈 디자인을 하기도 하고 내가 판매하던
마그넷의 형식을 빌려서 해양보호생물 일러스트를 넣은

마그넷을 제작해드렸다.

천부성당에서도 홍보물로 사용하고 싶다는 연락을
주셨다. 성당을 방문하는 사람들에게 뭔가 주고 싶다는
신부님의 의견에 따라 정해진 예산에 맞는 홍보 제품을
생각해보니 마그넷이 적합했다. 마침 천부성당과 가까운
동네에 살고 있어서 자주 보던 풍경이 떠올랐고, 그 풍경을
담아 일러스트 마그넷을 만들었다. 큰돈은 아니었지만
일러스트 마그넷이라는 없던 포맷을 만들어서 여러 곳에서
사용할 수 있다는 점에 성취감이 컸다. 작은 동네에 외지인이
들어와 괜스레 주민들이 종사하는 산업에 끼어들면
적응하기가 어려울 수 있을 것 같았다. 내 직업을 살리면서
남들은 안 하는 일을 하려니 시행착오가 많았지만 서울에서
출퇴근하는 것보단 덜 힘들어서 할 만하다고 생각했다.

우리나라 가장 동쪽의 영화제

~~~~~~
~~~~~~

      울릉도에 정착해 여러 일을 벌이는 중에 군청에서 울릉도 영화제를 만들어보지 않겠냐는 제안을 받게 됐다. 그동안 울릉도에서 '나리섬영화제'가 2회까지 개최된 적이 있는데, 군청에서 영화제를 주최할 테니 실질적 기획과 운영을 맡아달라는 요청이었다. '울릉도 영화제'란 말을 듣자마자 파도가 넘실대는 항구에서 야외 상영회를 하는 모습이 그려졌다. 여름이 가기 전 항구에서 야외 영화제를 열어보기로 하고 여러 방면으로 기획을 시작했다. 울릉도 기념품 위탁 판매, 울릉살이 프로그램 제작, 팝업스토어, 영화제 준비, 그리고 디자인 외주까지. 2019년은 돈을 벌기보단 되는 대로 할 수 있는 일을 다 해보자는 마음으로 여러 일들을 동시에 진행했다.

      그러다보니 거의 휴일과 휴식 시간도 없이 팝업스토어와 울릉살이 프로그램 운영에 모든 시간을 들였다. 8월부터 울릉살이 참가자를 받기 시작했는데, 8월 말에 영화제가 열리는 일정이어서 그해 8월엔 특히 몸을 불살라 일만 했다. 영화제에 필요한 팸플릿, 현수막, 스태프 단체복, 증정품, 온라인 홍보 등 홍보와 관련한 모든 것을 맡았고, 울릉살이를 운영하던 중간에 디자인하고 제작 업체를 알아보고 발주했다.

영화제가 열리기 직전 어느 날 아무리 잠을 줄여도 도저히 물리적으로 해결이 불가능한 지경이 된 시점이 찾아왔다. 영화제에서 사용할 홍보물과 소품을 받아야 했는데 울릉도까지 배송되지 않는 것도 있었고, 울릉도는 변동이 많다보니 일정에 맞춰 받기 어려운 물품도 생겼다. 영화제 2주 전에 필요한 모든 것을 정리하여 발주했지만 급히 필요한 물건이 생기곤 했다. 서울에서는 급해도 퀵서비스를 이용하면 당일에도 필요한 물품을 구할 수 있지만 울릉도에서는 아무리 미리 확인해도 어쩔 수 없이 메울 수 없는 구멍이 하나둘 생겼다.

주변 인맥을 동원해서 화물로 급하게 받기도 하고 군에서 사용하던 물품을 빌리기도 했지만 레드카펫같이 규격이 큰 물품은 화물 배송이 불가능했다. 코앞에 닥친 일에 휩쓸리던 중 같이 일하던 사람과 관계에 균열이 생기기 시작했다. 여러 일을 처리하면서 인간관계 문제까지 겹치자 한계에 부딪혔다. 이제껏 일을 하면서 문제가 생겨도 다 내 힘으로 해결이 되었는데 처음으로 내 힘만으로는 아무것도 할 수 없겠다는 무력감을 느꼈다. 그동안 직원으로 있다보니 내 선에서 처리할 수 있는 범위가 명확했고 경력과 책임이 더 큰 상사에게 의지할 수 있었는데 당시 나는 모든 책임을 떠안고 있지만 모든 권한이 다 있지 않은 공동 대표라는 입장이라 이도 저도 할 수 없게 되어갔다.

결국 엄마에게 전화를 걸어 도와달라고 했다. 혼자 힘으로 처리할 수 없어서 엄마에게 도움을 요청한 일이 다 크고는 처음이었다. 이전에도 전세사기 같은 힘든 일이 있었으나 이 문제는 변호사에게 물으면 되었다. 하지만 울릉도에서 내가 벌인 일에 대해선 물어볼 사람도, 도움을 구할 사람도 없었다. 무모하게 보일 만큼 갑자기 떠나온 울릉도에서 머문 지 1년도 안 됐는데 벌써 도움을 청하려니 조금 면목이 없었다. 그동안 곤두세우던 정신을 가다듬고 창밖을 보며 통화를 시작했다. 날씨가 화창했던 평일 오후였다. 엄마는 두말하지 않고 울릉도에 오겠다고 대답했다.

필요한 물품들을 SUV에 한가득 실어 엄마가 울릉도로 들어왔다. 엄마는 오자마자 짐을 옮기고,

현포항으로 가서 영화제 개최에 필요한 것을 같이 설치했다. 현수막을 적당한 위치에 설치하고, 군청에서 빌린 천막을 쳤다. 엄마에게 이런저런 상황에 대해 설명할 시간도 없이 급한 불을 껐다.

설치를 마치고 울릉살이를 하는 참가자들의 집에 가서 작소의 엄마라며 소개를 하고 같이 식사를 했다. 너무 일만 하게 할 수 없어서 틈이 나면 울릉살이 참가자들과 여행 일정을 같이 하기도 했다. 바다에 가는 날엔 다 같이 가서 나는 바닷가에 캠핑 의자를 펴놓고 일을 하고, 수영을 잘하는 엄마는 그들과 함께 바다 수영을 했다. 새벽 4시에 일어나 엄마가 부산에서 몰고 온 차에 참가자를 꾸깃꾸깃

태워서 석포에 함께 일출을 보러 가고, 동네 어귀에서 별도 보았다. 엄마는 딸을 도우러 왔다가 얼떨결에 울릉살이를 함께 하게 됐다. 어쩌다 보니 울릉살이 참가자분들은 작소의 어머님까지 알게 되어, 요즘도 가끔 그때 참가자분들과 연락을 하면 엄마의 안부까지 물어봐주신다.

울릉살이 숙소가 있던 본천부와 영화제가 열리는 현포항, 팝업스토어가 있던 저동을 줄기차게 오갔다. 엄마가 차를 가지고 온 덕에 노마도르 공용 차를 사용할 수 없을 때 편하게 이동할 수 있었다. 울릉살이 참가자들이 엄마의 차를 타고 다니기도 해서 운전을 못하는 나 대신 엄마가 기사 노릇도 자주 했다.

영화제가 시작되자 울릉살이 참가자분들을 현포항에 모셔가서 영화를 보았다. 참가자들을 통해서 낱알처럼 흩어져 있던 내 일들이 이어지는 것 같았다. 영화제에 와보고 나서야 왜 내가 그렇게 바빴던 건지 조금 알아차리셨을 거다.

사실 영화에 대한 큰 애정보다는 도서 산간 소외 지역에 문화 교류를 하고자 하는 마음으로 시작한 일이었는데, 알려진 바 없는 작고 소소한 영화제 초청에 응해주신 모든 분께 그저 감사했다. 영화제는 '동쪽' '처음' '시작'이란 주제로 영화를 공모했고 모 영화사에 요청해서

추천을 받기도 했다. 그 와중에 영화를 선별하여 상영작을
추리고 감독님을 영화제 기간 중 울릉도로 초청했다.
대개 이제 막 영화를 시작한 신예 감독님이셨는데, 먼
곳에서 영화를 상영해주는 것만으로도 감사하다고 마음을
표해주셔서 마음이 뭉클했다.

마침표를 찍은 동업

~~~~~~
~~~~~~
~~~~~~

　　동업을 도모했던 사람들과는 서로 원하는 바가 맞지 않아서 동업을 그만두는 걸로 결론이 났다. 마무리하는 과정에서 좋지 않게 끝나버려서 찜찜한 상태가 되었다. 많은 일을 다 하는 것도 괜찮았는데, 먼 타지에서 남이지만 한집에서 가족처럼 생각했던 사람과 울릉도에 온 지 1년도 되지 않아 갈등을 겪으려니 감당하기 힘들었다.

　　일만 보자면 내게는 영양가 높고 성공적인 경험이라 생각하지만 사람 문제로 심적, 법적으로 갈등을 겪어야 해서 동업에 실패했다는 생각에 괴로움이 컸다. 회사를 두 군데 조금 다니다 말고, 전세사기를 당해서 전세금까지 떼였는데 울릉도에 온 직후에는 동업하다가 실패하고, 사회에 첫발을 내디딘 시작부터 연달아 안 좋은 일이 생기니 내가 잘못 살고 있는 게 아닌지 자꾸만 돌아보게 되었다. 2019년이 끝나고 맞은 겨울방학은 몸은 더할 나위 없이 쉬었지만 마음이 마냥 편치 못했다.

모든 게 뜻대로 잘 안 되었지만 한 가지 확실한
건 혼자였다면 여기까지 와서 여러 일을 직접 해볼 일은
없었다는 거다. 독립적이라 생각했던 나는 상상력은
풍부하지만 겁이 많고 보수적인 인간이어서 뭔가 도전하는
데 시간이 많이 걸렸다. 옆에서 누군가의 지지와 약간의
부추김에 힘입어 내 상상을 현실로 옮길 수 있었다. 평생
혼자 자유롭게 살 거라 생각했는데 진정 내 상상처럼
자유롭기 위해선 내 걱정과 우려가 별일 아니란 말을 해줄 수
있는 사람이 필요하다고 느꼈다.

혼자가 된 나는 세무, 회계, 상표, 저작권, 수익률
계산까지 너무 많은 난관에 한 번에 부딪혔다. 돈 관련
문제가 터졌을 때는 계산할 줄을 몰라서 예상치 못한
지출이 발생했고, 저작권 문제가 생겼을 땐 내가 등록해
놓지 않아 권리를 넘겨줘야 했다. 아무런 준비가 없었다는
걸 문제가 터지고서야 알았다. 아는 게 아무것도 없는데
울릉도에서는 어디 찾아가서 자문할 곳이 없었다. 아는
사람을 수소문하고, 당장 가까운 곳에 도움을 청했지만 내게
살가웠던 사람도 막상 내가 어려움에 처하니 잘 모르겠다며
저만치 멀어져갔다. 전문가에게 맡기려니 아주 많은 돈이
들었다. 그럴 돈은 없어서 다 내가 알아보는 수밖에 없었다.
언제 어떻게 삶의 위기가 닥칠지 모르니 돈이 있어야 스스로

보호할 수 있다는 걸 절실히 깨달았다.

　　이런 와중에도 일은 해내야 했다. 팝업스토어를
정리하며 진열되어 있던 재고를 서울 본사로 보내기 위해
제품을 정리하고, 설치해두었던 선반과 기물을 상자에
옮겨 담았다. 영화제를 마친 뒤엔 여러 기물과 행정 문서를
정리하느라 하루가 멀다 하고 현포항과 군청을 오갔다.
　　함께 살던 집에서 짐을 정리하고, 같이 샀던 물품을
각자 나누어 가졌다. 물건을 나눌 때에도 뜻이 맞지 않아
마음을 다쳐야 했다. 그러다 허리를 삐끗했는지 정형외과를
다니며 2주를 고생했는데 태어나 처음으로 허리에 통증을
느꼈다. 힘도 요령껏 써야지 되는 대로 힘만 많이 썼다간
오히려 다친다는 걸 알았다. 무거운 걸 들 때도 그렇고, 일을
할 때도, 사는 모든 일이 그랬다.

　　같이 살던 집에서 나와 가을과 겨울에는 그나마도
집을 소유하고 계셨던 울릉도 주민분의 배려로 울릉살이
게스트하우스였던 곳에 임시로 거처를 옮겼다. 박스 더미
속에 앉아 다음 해의 계획을 세우며 나는 기념품 제작 일로
혼자 창업 지원금을 받아 새롭게 시작해보려고 지원사업을
준비했다. 지원사업을 받게 되면 사업 자금뿐만 아니라

전문가에게서 무료로 자문하고 교육을 받을 수 있었다.
그리고 홀로서기를 하며 공식적으로 '울릉공작소'라는 이름을
사업명으로 사용했다.

　　울릉살이 프로그램을 운영하면서도 육지를 오가며
면접을 보았는데, 나의 힘든 이야기를 들은 사람은 모두가
왜 그러고 울릉도에 계속 있냐고 했다. 내가 원해서 온 이
먼 곳에서, 단지 하려던 일이 잘 안 되고 사람과 사이가
틀어졌다고 그만두면 나중에 크게 후회할 것 같았다.
여기에 돈을 벌고 일을 하러 온 게 아니라 울릉도가 좋아서
온 거니까 나가더라도 내가 여기서 떠나고 싶을 때 가는 게
맞다고 생각했다. 이대로 나가면 울릉도는 다시 쳐다보고
싶지 않을 것 같았다. 언젠가 나가더라도 내가 선택해서 온
이곳에서 좋았던 기억을 더 많이 남겨두고 싶었다.

길바닥에서 집을 구하다

～～～～
～～～～

　　동업이 끝난 후 혼자 살 만한 집을 못 구했던 기간
동안 울릉살이를 운영했던 숙소에 지내며 열심히 집을
알아봤지만 마땅한 곳이 없었다. 읍내로 나가면 원룸을
구할 수 있겠지만 이왕이면 천부에 살고 싶었다. 어느 날
나리분지에 아무 생각 없이 앉아 있는데 험상궂은 표정을 한
아저씨가 내 곁에 앉아서 말을 걸었다.

　　"니는 뭐꼬? 와 이런 겨울에 여 있노?"

　　그저 울릉도가 좋아서 들어와 살아보고 있다고 말하자
대뜸 혼을 내셨다.

　　"젊은 사람은 큰 데서 일도 하고 경험을 해야지, 벌써
여 들어와서 우얄라고 그라노?"

　　언성을 높이며 화부터 내고 보는 아저씨였지만
경상도 집안 어른을 익히 봐온 내겐 별로 놀랍지 않았다.
원래 경상도 어른들은 화를 내면서 관심을 표현한다. 그러고
따로 불러내어 몇 번 밥을 사주시고, 사업할 계획도 한참

듣더니 비용 계산을 해보며 이래서는 안 된다고 혼을 내셨다.
몇 차례 만난 후에 아저씨는 천부에 창고로 쓰고 있던 곳이
있는데 거기서 살 수 있도록 만들어주겠다고 말했다.

　　새집은 송곳봉과 코끼리 바위가 잘 보이는 천부
바닷가에 있었다. 매일 지나다니던 길목에 있는 집을 갑자기
나리분지에 갔다가 얻게 되다니. 집 한 채가 하늘에서 뚝
떨어진 느낌이었다. 알고 보니 아저씨에겐 나와 동갑인 딸이
있었고, 나를 보고는 홀로 외국으로 이민을 가서 정착한 딸이
생각난 모양이었다.

이사할 때는 아저씨 딸 경지까지 외국에서 울릉도로 들어와서 아저씨 가족 모두가 이사를 도와주셨다. 같은 동네 이사지만 게스트하우스를 운영했던 짐까지 다 옮기려니 보통 일이 아니었다. 보통 울릉도에 살면 1톤 트럭 정도는 갖고 있는 건지, 아저씨는 갑자기 트럭을 끌고 오셔서 짐을 모두 날라주셨다. 맨 처음 살았던 울릉살이 숙소를 우연히 발견해서 계약했을 때도 신기했는데 이번엔 집 구하기부터 이사까지 도와준 사람을 우연히 길에서 만났다. 될 일은 어떻게든 된다더니 울릉도에 사는 일이 그런 건가 했다. 울릉도에 온 지 한 1년쯤 되었는데 벌써 세번째 집이었다.

천부 바닷가에서 로망 실현하기

왼쪽으로는 송곳봉과 코끼리 바위가, 오른쪽으로는
천부 해중전망대가 있는 세번째 집은 비록 많이 낡았지만 해
질 녘 붉은 하늘이 참 아름다운 천부 바닷가 한복판에 있어서
한 폭의 풍경 속에 사는 기분이었다. 한 대 치면 와장창
부서질 것 같은 유리문을 현관문 삼아 살다보니, 집에 있는
24시간 동안 파도 소리가 들려왔다. 부산에서 자랐지만
바다까지 한 시간쯤 걸리는 곳에 살아서 바다는 늘 일부러
가야만 볼 수 있었는데 이 집은 언제나 바다 곁이었다.

오후 6시면 아무도 다니지 않는 고요한 시골 바닷가 마을에는 밤이 되면 파도 소리가 더 크게 들렸다. 매일 파도 소리를 들으며 잠드는 게 낭만적이라서 마음이 간질간질했다. 바다가 너무 가깝다보니 아침에 눈을 뜨면 들려오는 파도 소리로 '오늘 배가 뜨겠다' '배 타면 멀미깨나 하겠다'라고 생각할 정도로 기상 상황을 아는 지경이 되었다. 태풍이 올 때나 파도가 거친 겨울쯤이면 폭풍같이 철썩이는 파도 소리가 소음처럼 느껴지기도 했다. 도로까지 파도가 넘어와 일주도로가 통제되는 날은 바다가 집까지 집어삼켜 나를 데려갈 것처럼 달려들었다.

파도를 타고 불어오는 습기 때문에 빨래는 널어놓은 지 사흘이 지나도 영 마르질 않았다. 그 집에서 2년을 건조기와 제습기 없이 살아낼 수 있었던 건 바닷가에 산다는 게 무엇인지 몰랐기 때문이다. 극한의 낭만 이면에 감내해야 할 것이었다. 천부에서 아마 가장 낡은 집이었을 내 세번째 집은 내가 나오고 신축을 해서 '연하정'이라는 숙소로 다시 태어났다. 비록 그 집은 사라졌지만 천부 바닷가에 가면 그곳에 살면서 아침 5시에 나와 일출을 보고 저녁에 나가 일몰을 보던 일상이 아득하게 떠오른다. 그 시간이 있어서 지금까지도 울릉도에서 송곳봉과 천부 노을을 가장 좋다.

낯선 시골에 혼자 살다

~~~~~~
~~~~~~

     서울에서 혼자 살 때는 치안에 대해 막연한 공포감이 컸다. 도어락으로 문을 잠그고 걸쇠를 걸고도 현관문 밖 복도에서 나는 작은 소리 하나에도 예민했다. 누가 집을 잘못 찾았는지 모르는 사람이 현관문을 열려고 시도했던 날 이후로, 밤에 잠을 자면 집에 괴한이 억지로 문을 열고 들어오는 악몽에 시달렸다. 당시 나는 자꾸 악몽을 꿔서 피곤하다고만 생각하고 지나갔는데, 지금 와서 생각해보면 혼자 사는 게 무서웠던 것 같다.

     울릉도에서 첫번째, 두번째 집은 도어락이 설치된 신식 주택이었는데, 세번째로 살게 된 천부 바닷가 집은 옛날 시골집에다가 문도 유리 미닫이고 잠금장치도 마땅히 없었다. 내가 주먹으로 문을 퍽 치면 쨍그랑 깨져버릴 것 같았다. 그 집 잠금장치는 옛날에 학교에서 못으로 교실 문을 잠그던 방식이었는데, 바닷바람에 걸쇠가 녹슬어서 잠그고 푸는 게 어려워지니 언젠가부터는 귀찮아서 걸쇠를

빼놓고 다녔다. 엄마가 그 걸쇠라도 잠그고 다녀야지 무슨
일이라도 나면 어쩌려고 그러냐며 잔소리해서 엄마가 와
있을 때만 겨우 문을 잠갔다. 서울에선 발자국 소리 하나에도
머리카락이 쭈뼛 설 만큼 강박이 컸는데 이 동네에선 문을
잠그지 않아도 별생각이 안 들었다. 이상한 일이었다.

　　사람이 적어서 한 사람만 통하면 다 아는 곳이기도
하고, 무엇보다 집 앞을 지나다니는 사람이 몇 없었다. 보통
울릉도 사람은 차를 타고 이동하기 때문에 우리 집에 오기로
약속한 사람 정도만 집 앞에 왔다. 주변 사람들이 시골에
혼자 사는 게 무섭지 않냐고 묻는데 오히려 사람이 많은
도시가 무섭고 사람이 적은 시골이 편했다. 깜깜한 밤에 혼자

산길로 다녀도 사람이 아무도 없으니 무서운 적이 없다. 물론 주변 이웃을 잘 만난 운이 크게 작용하기도 했을 거다.

　　　동네 사람을 다 아는 시골에 사는 게 정감 있어서 좋기도 하지만, 가끔 너무 거리낌 없이 다가와서 놀랄 때도 있다. 바닷가에 있는 집에 웬 불이 켜져 있으니 모르는 사람이 불쑥 계단을 올라와서 투명한 창문을 통해 나를 바라보기도 하고, 슈퍼가 없는 동네긴 하지만 늦은 시간에 집 문을 열어 고개를 들이밀고는 맥주 한 캔만 팔라고 하기도 했다. 그래도 악의가 없고 해를 가하지 않을 거란 걸 알아서 무섭진 않았다.

　　　예로부터 울릉도는 범죄가 잘 없었다고 한다. 자잘한 건 있었을지 몰라도 뉴스에 나오는 강력 범죄는 없다고 주민분들이 말씀하셨다. 아무래도 섬이다보니 현지 사정을 잘 아는 주민이라면 더더욱 엮여 있는 관계가 많아서 어지간하면 나쁜 짓을 하기도 어렵다고 했다. 범죄를 저질렀다가는 온 동네 소문이 다 나고, 육지로 나가는 배를 타려고 해도 터미널에서 바로 잡히기 때문일지도 모른다.

운전은 필수

〜〜〜〜〜
〜〜〜〜〜

혼자 사니 가장 필요한 것은 다름 아닌 기동성이었다.
울릉도는 시골인 것치고는 대중교통이 잘되어 있다고
생각했다. 해안도로를 따라 커다란 일주버스가 한 시간에 한
대는 돌아다닌다. 전국 지자체 중 인구가 가장 적은 동네에서
이 정도면 매우 훌륭한 게 아닌가.

그렇지만 장을 한번 보려면 커다란 배낭을 메고 버스
시간을 맞춰서 버스를 타고 저동에 가서 먹거리 한 보따리를
구매해야 했다. 다시 버스 시간에 맞춰 집에 돌아오는
시간만 다 해도 반나절은 그냥 지나가버렸다. 그런 환경에서
잘 살아가기 위해 원치 않던 면허를 따야 했다. 아무래도
운전은 자신이 없어서 딸 생각이 전혀 없었는데 그건 버스와
지하철이 잘되어 있는 대도시에서나 가능한 일이었다.
울릉도에선 면허를 딸 수가 없어서 겨울에 서울에 머물며
걱정을 한가득 안고 운전면허학원에 다녔다.

면허를 딸 수 있을지 우려한 것이 무색하게 높은

점수로 빠르게 면허를 땄다. 열여섯 살이 되어 폐차를
하느니 마니 하고 있던 부모님의 SUV를 나에게 버려달라고
하고 울릉도로 가져왔다. 겉모습은 사륜이지만 노쇠하여
이륜으로 움직이는 커다란 SUV로 울릉도에서 첫 운전을
시작했다. 혼자서 차를 몰고 있으니 마치 진짜로 어른이 된
기분이었다. 처음에는 차 안에서 대화는커녕 노래도 못 듣고
백미러와 사이드미러를 번갈아 보는 것도 벅찼다. 신호가
없는 울릉도에서 운전을 시작한 탓에 유턴을 해본 적도 없고,
차선 바꾸기도 못하지만 경사가 크고 울퉁불퉁한 비포장길
운전에는 능숙해져갔다. 육지에서 운전하려면 아무래도
연수를 받아야 할 것 같다.

운전이 조금 익숙해졌을 때쯤, 옆 동네에 있던 한국해양과학기술원 울릉도독도해양연구기지에 계약직으로 일하게 되었다. 단기 계약직이라 육지에서 와서 일을 할 사람도 마땅치 않은 데다가 울릉도에 일할 젊은 인구가 부족해서 사람을 구하지 못하는 실정이었다. 출퇴근하는 일은 하지 않으려고 했지만 나에게 제안을 먼저 해주신 것에 감사한 마음으로 회사에 다녔다.

서울에서는 사람으로 가득 찬 2호선을 타고 출퇴근하는 시간이 가장 힘들었는데 연구소로 출퇴근하는

시간은 매일 아침 빛나는 바다와 인사하고 해 질 녘 노을을 감상할 수 있어서 하루 중 가장 좋은 시간이었다. 혼자 살며 밥해 먹는 일이 성가셨는데 회사 구내식당이 있어서 식사를 부담 없이 해결할 수 있는 점도 무척 편리했다. 혼자서 처음 살아보는 울릉도라 고정적인 급여가 있는 것도 많은 도움이 되었다.

연구소의 홍보물에 들어가는 간단한 디자인 작업이나 종종 열리는 심포지엄에 사용할 홍보물을 만들 때 본업으로 돌아가 디자인을 하기도 했다. 살면서 공공기관, 그것도 연구소에서 일을 하리라곤 한 번도 생각해보지 않았는데 낯선 곳에 살다보니 운전도 하고 오랜만에 회사란 곳에 출퇴근하기도 했다. 차가 없었다면 출퇴근이 곤란해서 일하는 걸 고민했을 텐데 운전이 가능하니 일할 기회를 쉽게 얻을 수 있었다.

연구소에 다니면서는 기념품을 포장하고 납품하는 일을 병행했다. 물건이 잘 나갈 때는 아침에 납품할 물건을 담은 박스를 차에 싣고 출근하고, 퇴근 후에 바로 읍내로 나가 납품했다. 판매처가 문을 닫기 전에 납품해야 하니 퇴근하자마자 출발해서 저녁 먹을 시간도 없었다. 집에 도착해서는 집에 쌓여 있는 물건을 비닐에 넣고 스티커를

붙이는 노동을 시작했다. 기념품 판매가 본격적으로
시작되는 여름 성수기에는 예상보다 판매 실적이 좋았다.
나름대로 바빠서 정신이 없었는데, 이웃 주민분들은 내가
기념품을 디자인하고 납품하는 일이 당장 눈으로 보이지
않으니 내가 백수라고 생각하셨는지 연구소에 취직했다고
하자 손뼉을 치며 진심으로 기뻐해주셨다.

　　울릉도에 온 지 만 2년, 연구소를 다니는 걸 엄마도
반가워했다. 울릉도에 자주 와서 일을 도와주던 엄마는 내가
어떻게 살고 있는지 다 알고 있었지만 너무 여러 가지 일을
하고 한 직장에 다니지 않았던 터라 주변에 딸이 울릉도까지
가서 뭘 하는지 설명하기 어려워하셨다. 처음에는 딸이
울릉도로 이사를 갔다고 하면 주변에서 울릉도 남자한테
시집갔냐고 많이 물었다고 했다. 그 말을 들으니 내가 내
이야기를 남 일이라고 들으면 연고도 없는 그 시골에 혼자서
뭘 하나 싶을 것 같다는 생각이 들었다. 너무 내 앞에 놓인
것만 보고 다른 사람이 나를 어떻게 생각하는지는 신경을
써본 적이 없다는 걸 그때야 알았다. 엄마는 조금 다른
선택을 하는 딸의 인생을 늘 응원해주었지만, 진정 나를
공감하고 이해하기까지는 시간이 필요한 것이었다.

나의 울릉도 친구들

〜〜〜〜
〜〜〜〜

지금 살고 있는 본천부 마을에는 외지인으로 울릉도에 들어와서 삶을 일구는 이웃이 많다. 마을 인구가 너무 적어 '신문 돌릴 아도 읎는' 동네였다는 곳에 우연히 '나리상회'와 '대피소울릉' 그리고 나까지 모여들었다. 섬이라는 특수한 곳에서 나이와 직업을 떠나 울릉도란 주제 하나만으로도 친구가 되기 쉬웠다. 나처럼 울릉도를 선택해서 들어온 사람들이라 더 말이 잘 통했다. 보통 사람들이 태어난 곳에서 또는 직장이 있는 곳에서 사는 것과 달리 살고 싶은 곳을 찾아 이곳까지 와서 터전을 마련한 사람과는 비슷한 면이 있었다. 명확한 직업 하나가 아니라 여러 가지 일을 동시에 하면서 겨울에는 쉬는 이 섬의 패턴에 공감하는 것도 그랬다.

간단한 간식과 울릉도 먹거리를 파는 나리상회는 2018년 초 나리분지에서 처음 문을 열었다. 처음엔 가게 주인과 손님으로 만났다가, 내가 울릉도에서 살면서 비슷한

처지다보니 자연스레 친해졌다. 나보다 조금 더 일찍
울릉도에 들어온 나리상회 부부는 거의 스무 살 차이가
나지만 생각이 비슷해서 나이 차이를 별로 느끼지 않고 친구
관계로 지낼 수 있는 이웃이다. 알고 보니 나리상회 소현
언니는 부산에서 나랑 같은 동네에서 자랐고 같은 재단
대학교를 다녔다. 거기다 디자인 전공자라는 공통점까지
있었다. 이 먼 곳까지 와서 만난 동향 사람은 유난히도
반가웠다. 나리상회 부부는 정해진 틀에 얽매이지 않고 하고
싶은 일을 현실에서 만들어가는 멋있는 사람들이다. 닮고
싶은 사람이 곁에 있다는 건 참 좋은 일이다.

민박 대피소울릉의 부부는 2021년쯤 알게 되었다. 외향적이고 활달한 은경은 인사성이 밝고 넉살이 좋아서 시골에서 빠르게 적응하고 있었다. 멀쩡한 직장과 도시에서의 삶을 두고 남편 순철과 울릉도로 훌쩍 떠나온 그녀는 육지에 살다가 울릉도로 비슷한 시기에 이주했다는 공통점으로 급격히 가까워졌다. 소극적인 나와 달리 적극적인 은경은 어딘가 갈 때나 먹을 게 생겼을 때 등 다양한 이유로 내게 참 자주 연락을 해왔다. 서울에 집을 남겨둔 나는 그 부부가 서울에서 지낼 때 서울 집을 사용할 수 있게 해주었고, 우리 엄마가 울릉도에 왔을 때 대피소울릉에서 묵기도 했다. 그 부부가 울릉도에서 결혼식을 올리고 미국으로 1년간 신혼여행을 갔을 때 내가 대피소울릉을 대신 맡아서 운영하기도 했다.

당시 만나던 남자친구 한영도 울릉도 주민이 되었다. 한영은 서울에서 음악을 직업으로 하는 프리랜서였다. 그를 처음 알았을 때 이 사람이랑은 오래 잘 지낼 수 있을 것 같다고 느꼈는데 결혼과 가정에 대해 생각하면서 서로를 동반자로 생각하게 되었다. 보통 그런 마음이 들면 결혼을 하지만, 결혼식을 비롯한 여러 형식은 내게 거추장스럽게 느껴졌고 한정된 시간과 돈으로 더 의미 있는 일을 하고 싶었다. 그러나 일이 어떻게 되려고 그러는 건지, 갑작스레 우리는 울릉도에서 같이 살게 되었다.

내가 이사를 가고 싶어 고민하고 있을 때 본천부에 괜찮은 전셋집이 나왔고, 마침 서울에 살던 집 계약이 끝나가던 남자친구가 그 집을 계약하겠다고 했다. 가족 아닌 남과 같이 살아본 경험도 없고 동거를 굳이 하고 싶지 않았는데 이런저런 가치관이 비슷한 이 사람과는 같이 살아도 헤어지지 않을 것 같았다. 그래서 우리는 이웃이자 가족이 되었다.

2023년에는 내친김에 서로 뜻을 모아 나리상회 마당에서 '호박나이트'라는 이름을 붙인 작은 공연과 토크

콘서트를 열었다. 우리의 이야기를 다른 사람들과 함께 나눌
수 있는 이벤트였다. 작곡을 하는 한영이 집에서 사용하던
피아노를 들고 가서 연주 공연으로 행사를 시작했고, 본천부
프리다이빙 업체인 '캄인블루'를 운영하는 성호가 사회를
맡아 토크를 이어갔다. 울릉도에 이주해서 살고 있는
우리가 왜 울릉도에 들어오게 되었는지, 육지에서 삶과
울릉도에서의 새로운 삶이 어떤지 서로 이야기했다. 울릉도
남자를 만나 결혼을 하고 울릉도에 들어온 지 30년이 훨씬
넘은 하나건재 이모가 맨 뒤에 앉아 조용히 콘서트를 보다가
가장 마지막에 마이크를 잡고 이야기했다.

　　"내가 들어올 때는 먹고살려고 열심히 살다가, 애를
낳고는 걔네 공부시키려고 내 삶 돌아볼 틈도 없이 바삐
살았어요. 요즘 재밌게 사는 모습이 참 좋아 보이네. 우리
아들들도 이리 살았으면 좋겠어요."

이제 본업은 기념품 제작

～～～～
～～～～

울릉살이, 팝업스토어, 영화제 등 활발하게 이것저것
도전했던 일을 하나둘 정리하고 울릉도와 관련한 디자인과
일러스트 외주, 내가 제작한 제품을 만들어서 판매하는
일에 몰두했다. 초기 자본이 없었기 때문에 지자체의
지원사업으로 제품 제작 비용을 충당했다. 당장 수익도,
소속도 없는 불안한 상황이었지만 이곳에서 내가 하던
디자인 경험을 최대한 살려 취직하지 않고도 돈을 벌 수
있었다. 오랜만에 컴퓨터 앞에 앉아 울릉도 그림을 그리는
동안은 시간 가는 줄을 몰랐다. 모든 순간 잘해야 하고 돈을
벌어야 한다는 의무감을 갖고 있다가도 하얀 종이에서만큼은
내 마음대로 무엇이든 할 수 있었다.

기념품을 계속 만들다보니 울릉도의 무엇을 기념품에
담을지 생각해봐야 했다. 가장 인기 있고 직관적인 기념품은
그 지역의 특산물로 만든 식품이었다. 내가 식품을 다루기엔

지식이 없어서 내 분야가 아니라고 생각했다. 그저 울릉도가 좋아서 온 '나'를 소재로 삼아 내가 그린 그림과 디자인으로 구성한 제품, 1만 원 안팎의 가격으로 손쉽게 고를 수 있는 물건을 만들고자 했다.

　기념품이 많지 않은 울릉도에서 내가 만든 제품은 예상보다 판매가 잘되었다. 직접 찍은 사진과 그린 그림으로 만든 엽서를 시작으로 키링, 메모지, 파우치, 유리잔 등 물건이 하나씩 늘어났다. '이게 팔릴까?'라고 고민하며 자신

없게 기념품을 놓았지만 다행히 다 팔리곤 했다. 물건을 더
채워넣을 때면 조금 더 열심히 해봐야지 하고 용기를 얻었다.

여러 제품을 제작하다보니 한계가 찾아오기도 했다.
제품 모양을 설계할 때는 초기 자본이 많이 들었다. 작은
플라스틱 키링 하나를 만들 때도 3D 설계를 해서 금형을
만들어야 했다. 이 작업은 남에게 맡겨야 해서 돈이 많이
들었다. 그렇다고 기존에 있는 제품을 토대로 만든다고 해도
어려움은 있다. 대표적으로 유리잔 제작이 그렇다. 유리잔
하나를 제작할 때 여러 유리잔을 직접 만져보고 단가도
생각해야 한다. 제품을 고른 뒤에는 내가 그린 일러스트가 잘
구현되도록 인쇄 방식도 논의한다. 컵에 따라 인쇄 방식도
다르고, 그에 따라 컵 표면에 인쇄할 실제 색깔을 미리

알아야 했다. 또 색상도 많이 사용할 수 없어서 색깔을 몇
개까지 쓸지 미리 정한 후 디자인해야 하니 생각해야 할 것이
많았다. 유리잔을 처음 제작한 2021년에는 총 7종의 유리잔
제품을 출시했는데, 내가 판매하는 제품 중에서는 금액이
높은 편이라 제작비도 부담이 되었다. 울릉도까지 여행
와서 깨질 수도 있고 무게도 꽤 있는 유리잔을 과연 사갈까
걱정했는데 그런 걱정이 무색하게도 재고가 너무 일찍
소진되어 오히려 수요를 따라가지 못했다.

유리잔 말고도 코로나19 시국에 적합한 마스크, 다이어리 꾸미기에 보통 쓰이는 스티커류 등 다양한 제품군을 구상하기도 했다. 그렇지만 기성 제품을 고르는 시간도 너무 많이 소요되고 그에 걸맞은 디자인을 하는 데 더 긴 시간이 걸려서 아무래도 효율이 떨어진다는 판단이 섰다. 다양한 물건을 취급하자니 한꺼번에 내가 혼자 할 수 있는 일의 한계도 있었고, 그렇다고 아무거나 다 가져오고 싶진 않았다. 울릉도와 관련한 더 많은 일러스트를 그리는 게 더 중요하겠다고 생각했다.

울릉도에서 여러 일을 하며 많은 사람을 알게 되었는데, 당시 울릉살이 게스트로 오셨던 분의 소개로 육지에서 열린 울릉도 기획전에 쓰일 일러스트 작업을 했다. 그 담당자분을 통해 '르플랑에떼' 대표님을 알게 됐다. 향 제품을 만드는 회사 르플랑에떼에서는 지역의 스토리를 향기로 표현해서 향수나 디퓨저를 제작하고 있었다. 르플랑의 제주도 향기 제품이 성공하면서 다른 지역의 제품을 구상하다가 이번엔 울릉도의 향기를 담은 디퓨저와 퍼퓸 제품을 기획 중이라고 했다. 대표님은 이왕이면 울릉도에 살고 있는 내가 패키지에 들어갈 일러스트를 그려주면 좋겠다고 제안하셔서 송곳봉과 독도 일러스트를

그려넣었다.

작업 비용을 적게 받는 대신 그 일러스트를 다른 제품에 사용할 수 있었고, 디퓨저와 퍼퓸 판매권을 받아서 울릉도에서는 나만 단독으로 판매할 수 있었다. 그때 그린 일러스트는 일러스트 엽서 등 여러 제품으로 지금까지도 잘 활용하고 있다.

기념품 판매를 하며 점차 내 브랜드를 만들어가고 싶다는 꿈을 꾸게 되었다. 그동안 대단한 디자이너가 되고 싶다거나 나만의 브랜드 만들겠다는 나에게 너무 거창하다고 생각했다. 내가 능력 있는 디자이너는 아니란 걸 잘 알았기 때문이다. 그러다 울릉도에 와서 기념품을 하나둘 만들다

보니 '울릉공작소'에서 만드는 제품군이 생겨나고, SNS를
통해 '작소'라는 캐릭터가 알려지면서 자연스럽게 브랜드가
되어갔다. 브랜드 이미지를 만드는 일을 했다보니 이런
상황에서 브랜드를 상징하는 시각 요소가 당연히 필요하다고
생각했다. 직업병처럼 '울릉공작소'의 로고와 메인 컬러를
만들어야 한다는 강박에 고민을 하다가 그런 단편적인
브랜딩보다는 내가 이곳에서 살아가는 모습 그 자체로 여러
사람과 소통하다보면 나만의 색깔을 찾을 수 있겠지 싶어
딱히 로고나 명함조차 아직 만들지 않았다. (그러다 상표권
출원을 하고 명함이 필요해 얼떨결에 만들기는 했지만.)
어차피 급하게 만든 것은 나중에 갈아엎고 싶으니 너무
부지런하지 않아도 된다고 나를 다독였다. 잘하려고 애쓰지
않고 그때 필요한 걸 찾아가기로 했다.

병뚜껑으로 만든 키링

〰〰〰

여러 제품 중에서 가치 있는 개발이었다고 생각하는
것은 재활용 키링이다. 언젠가 버려지는 플라스틱 병뚜껑을
분쇄하고 압착하여 새로운 물건으로 만드는 것을 어디서 본
적이 있다. 계속 그걸 염두에 두고 있다가 지원사업 비용을
사용할 때 병뚜껑을 재활용한 키링을 제작하기로 했다. 여행
와서 괜히 기분 한번 내려고 버릴 물건을 만들어 세상에
쓰레기만 하나 더 늘리는 일을 하는 건 아닌지 자괴감이
들 무렵이었다. 리사이클링 키링은 친환경 섬을 표방하는
울릉도와 스토리가 딱 맞아떨어지기도 했고 만일 쓰레기로
버려져도 지구에 덜 미안할 것 같았다. 울릉도에서 알고 보면
유명한 문어를 귀엽게 그려서 제작한 키링은 모양 설계부터
고민이 컸는데 다행히 내가 의도한 대로 잘 나와주었다.

제품디자인을 겨우 끝내고 나니 포장 용품을 정하는
것이 더 어려워서 애를 먹었다. 친환경 제품이라고 홍보할

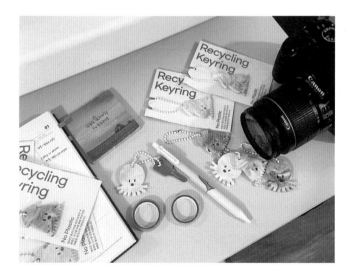

건데, 포장하는 종이와 비닐을 아무거나 쓰면 제품의 취지가
퇴색되는 것이니 생분해가 가능하다는 포장 비닐을 찾았다.
패키지에 사용한 종이도 코팅이 없는 것을 사용했다. 처음엔
포장을 아예 안 하려고 했는데, 내가 직접 판매하는 게
아니라서 판매처에 납품할 때 고객이 집어서 바로 결제하고
가져갈 수 있는 완성된 형태가 필요했다. 또 비닐 포장을

요구하는 손님이 많았다. 하얀 종이로 포장하려니 진열된
상태부터 키링이 훤히 보여야 골라 갈 수 있어서 투명색
비닐을 사용해야만 했다. 그때만 해도 생분해 비닐의 종류가
많지 않아서 기존에 나와 있는 기성품 비닐 제품에 맞춰서
패키지를 구성해야 했다.

여러 난관을 이겨내고 완성한 키링은 귀여움을
무기로 서울 마포문화재단에서 주최한 리사이클디자인
공모전에서 수상작으로 선정되기도 했다. 초기에 제작한
제품은 업체에서 확보한 플라스틱을 가지고 제작된 것이지만
두번째 제작하는 물건은 울릉도 기념품답게 울릉도에서 나온
쓰레기를 이용하여 제작하고 싶었다.

쓰레기를 좀 모아보려고 주민들에게 병뚜껑을
모아달라는 캠페인을 기획했는데 코로나19가 극심해지면서
사람을 모으는 일이 불가능했고 판매처가 확진자로
인해 문을 닫기도 해서 이루지 못했다. 대신 울릉도 맛집
신비섬횟집을 비롯해 고멘디즈, 추산마루, 나리상회,
섬게스트하우스, 대피소울릉, 캄인블루 등 각지에서 힘을
모아주셔서 많은 병뚜껑을 확보했고, 첫 1년간 병뚜껑 총
4킬로그램가량을 업체에 기부했다. 울릉공작소의 최대
판매처인 독도문방구에서는 리사이클링 제품의 판매
수수료는 특별히 적게 책정해주시면서 도움을 주셨다. 제작
단가 자체가 비싸서 이윤이 크진 않지만, 의미 있는 일이기에
울릉도에서 비롯된 쓰레기로 제작한 제품을 꾸준히 출시하고
싶다.

제품은 팔지만 가게는 없어요

≈≈≈≈≈
≈≈≈≈≈

울릉공작소라는 이름이 알려지면서 인스타그램을
통해 나를 만나고 싶어하거나, 내가 판매하는 제품을 보고
싶어하는 사람이 생겨났다. 다들 내게 작업실이나 사무실이
어디에 있냐고 물었다. 난 집에서 일하니 열린 공간은 없다고
답할 수밖에 없어서 내 제품 전부가 판매되는 독도문방구를
소개하곤 했다. 독도문방구 사장님조차 내게 기념품 가게를
하나 하라는 말을 했다. 나도 매장을 고민하지 않은 건
아니었다. 천부 바닷가에 살 때엔 근처에 판매점을 운영하려
했지만 여건이 안됐다.

공간을 운영하게 되면 꼼짝없이 가게를 지키고
있어야 한다는 사실은 참을 수 없는 답답함이었다. 나는
자유롭게 자연을 누릴 수 있는 이곳에서의 삶이 좋은
건데, 가게가 있으면 그 좋은 점을 누리지 못할 것 같았다.
잠깐 팝업스토어를 운영했을 때 아침에 출근해서 해가 다
저물고서야 집으로 퇴근하는 길이 그다지 좋지 않았다.

차라리 직장인이면 주어진 공간에서 내 업무만 하면 되는데, 내 가게를 하면 가게 전체 공간을 다 신경을 써야 하니 고된 노동은 불 보듯 뻔한 것이었다.

그래도 가게를 한다면 북면에서도 천부가 좋아서 천부 바닷가에서 하고 싶었다. 문제는 천부에서 가게를 할 수 있는 건축물이 많지 않다는 거였다. 위치나 느낌이 괜찮아도 빈 건물은 건물주가 세를 주고 싶어하지 않았다. 이미 상권이 형성되어 있고 상가도 많은 도동이나 저동에서 가게를 시작하는 게 더 수월하고 수익도 더 높겠지만, 그렇게 하면 일상이 전부 노동으로 채워질 것 같고 무엇보다 북면에서 누릴 수 있는 특권인 울릉도 노을을 볼 수가 없다. 울릉도에서 노을 보는 시간이 제일 좋은데 그걸 포기하며 일할 땐 왜 울릉도에서 사나 싶은 생각마저 들었다.

계절성이 뚜렷함을 넘어 극단적인 이 동네, 한 해 6개월만 장사가 된다고 말하는 이곳에서 상가 임대료를 충당하려니 자신이 없었다. 괜찮은 상가를 운 좋게 구한다고 해도 유지를 할 수 있을지도 모를 일이었다. 하고자 하는 의지만 있다면 뭔들 못 할까 싶지만, 이미 울릉도에 정착하면서 많은 일을 겪고 여러 사람을 만나 피로해진 탓인지 가게를 낸다는 도전을 할 엄두가 안 났다. 열심히

이번 달 생활비를 벌어야 하는 입장이지만 내 제품을
판매해준다는 판매처도 있고, 실제로 판매로 이어져
지속적으로 수익을 얻고 있으니 욕심 내지 말자는 결론을
지었다.

사실 울릉도에 얼마나 머물겠단 계획이 뚜렷하지
않은 채 매년 1년씩 갱신하듯 좀 더 살아보자며 벌써 여러
해를 지내고 있다. 가게를 고민하던 1~2년 차에는 내가 언제
다시 나갈지도 모르는데 어떻게 가게를 여나 싶은 계산도
있었다. 5년 넘게 울릉도에 머물 줄 알았다면 아마 용기 있게
도전했을지도 모르겠다. 그래도 가게가 없어서 더 자유롭게
5년을 지내볼 수 있었으니 아쉽진 않았다.

여러 이유로 기념품 가게를 열지 않기로 결정하고도
울릉도 주민을 대상으로 한 화실, 공방을 해볼까 싶어서
초등학생 그림 수업을 시범적으로 해보기도 했다. 다행히
반응이 좋아 학부모님들이 계속해주길 바랐지만, 딱히
전문적인 교육에 있어 전문성이 없고 가르칠 만한 아이템도
마땅치 않아 당장 새롭게 수업을 시작하는 건 무리라고
판단했다. 그보다 당장 먹고살 수 있는 일에 더 집중하려고
기념품을 제작하고 납품하는 것과 외주를 받는 것으로
타협했다.

결국엔 자영업자

≈≈≈
≈≈≈

    사람이 적은 시골 사회에선 오지랖이 넓은 사람과 빠른 소문 때문에 힘들다는 이야기를 많이 들어왔는데, 나는 시골의 그런 특성에 수혜를 입었다. 민박 대피소울릉의 부부와 이런저런 이야기를 자주 나누는데, 천부에서 작은 가게를 해보려다가 나와 있는 자리가 없어서 안 하기로 했다고 언젠가 말을 했나보다. 어느 날 대뜸 천부에 가게 자리가 있다는 소식이 내게 들려왔다. 알고 보니 그 이야기가 천부 하나건재 삼촌과 이모에게 전해지고, 삼촌, 이모를 통해 가게 자리 필요한 사람이 있다는 소문이 천부 사람들에게 퍼졌던 것이다.

    대피소울릉의 주선으로 찾아간 그 가게는 천부 편의점 옆 건물의 작은 공간이었다. 예전에는 주인 할머니 부부가 담배를 파는 슈퍼를 했다는데, 지금은 외부와 할머니의 집을 연결하고 있는 커다란 현관이자, 냉장고 두 개가 있는 식자재 창고로 사용 중이었다. 그곳은 건축물 용도가 점포로 되어

있고, 진열할 수 있는 선반도 남아 있어서 울릉공작소 가게를
하기에 적당해 보였다. 팔순이 넘은 주인 할머니 말이,
자식들이 괜히 귀찮아지니 세입자를 들이지 말라고 했는데
동네 사람이 빈 공간 아깝게 놀리지 말고 세라도 몇 푼
받으라고 설득하기에 일단 사람은 한번 만나보기로 했단다.

천부에서 가게 자리를 구하기 힘든 이유가 이렇게 빈
공간이 있어도 굳이 세를 놓지 않는 사람이 많아서였다. 특히
낯선 사람이 기념품을 팔겠다고 하니 그다지 관심을 가질
이유가 없었다. 그동안 그렇게 찾을 때는 없더니 가게를 열지
않는 걸로 마음을 먹고 나니 기회가 와버려 좋은 자리임에도
고민이 많이 되었다.

이 자리를 소개해준 대피소울릉 부부는 주인
할머니를 만나는 자리에 동석해서 연세 협상까지 같이
해주었다. 가게를 내어주는 입장인 할머니는 동네 사람이
떠밀어서 나온 데다 세를 주게 되면 그곳에 있던 할머니의 큰
냉장고 두 대를 다른 창고로 옮겨야 하니 썩 내키는 상황은
아니었다. 나로서도 굳이 안 해도 되는 가게를 위해 몇 백만
원의 비용을 들이고, 화장실과 에어컨이 없고 창틀이 낡아
덥고 추운 그곳에서 불편을 감수할 필요는 없었다.

금액이 있어야 서로가 마음을 확실히 정할 수 있을
것 같아서 아직 서로 공간을 내어줄지 얻을지 확정하기도

전에 우선 임대료부터 정하기로 했다. 서로가 비슷하게 뜨뜻미지근한 마음이라 그런지 임대료를 정하는 일은 크게 어렵지 않았다. 연세 450만 원이면 할머니는 세를 줄 수 있고, 나는 세를 얻겠다고 합의를 봤다. 너무 비싸다고 말하는 동네 사람도 있었지만 월세로 40만 원이 안 되는 금액으로 내가 원하던 천부마을에서 가게 겸 작업실을 운영해볼 수 있는 건 괜찮은 선택이라 생각했다.

고민을 조금 더 해보겠다고 양해를 구하고 일주일 정도를 열심히 머리를 굴렸다. 아무래도 가장 큰 문제는 돈이었다. 막상 현실적으로 따져보니 내가 경제적으로 이득을 보긴커녕 내 돈을 써서 공간을 운영할 판이었다.

제품을 만들어 납품만 하다가 내 공간을 내 방식으로 가꾸고
진열을 해보고 싶다는 마음 하나를 위해 굳이 많이 벌지도
못하는 돈을 쓰는 게 맞는 건지 결정이 쉽게 내릴 수 없었다.

너무 계산하고 생각을 하다보니 몸이 아플
지경이었다. 생각을 하다 하다 머리에 열이 나는 것 같아서
누워버렸다. 문득 이 정도로 고민이 된다는 건 내가 진짜
울릉공작소 가게를 해보고 싶은 게 아닐까 싶었다. 예전에
어떤 사람이 자신을 내 딸한테 하는 것처럼 대하라는
말을 했던 게 떠올랐다. 내 딸이 이렇게 고민하고 있으면
나는 그냥 해보라 할 것 같은데. 나는 가게를 해보기로
마음먹었다.

2023년 6월, 직접 계약서를 작성해서 할머니와
계약을 했다. 450만 원을 송금하고 나니 별것도 아닌 걸로
그렇게 고민했나 싶어 조금 허탈했다. 어차피 휴대폰 화면 속
숫자로만 보는 돈 450만 원이 빠졌다고 달라지는 건 없었다.
가게를 운영하기로 한 대신 공간을 꾸미는 일은 최대한
돈을 들이지 않고 내 힘으로 해보기로 했다. 그렇게 무더운
초여름, '사서 고생'의 여정이 시작되었다.

내 손으로 만드는 작은 공간

≈≈≈≈≈

계약 후 울릉공작소 공간을 만들어나갔다. 가장
고심했던 건 6평 남짓한 작은 공간을 온전히 나 혼자
사용하는 게 아니라는 점이다. 그 공간은 할머니가 드나드는
공간으로도 공유해야 했다. 가게에 할머니 집으로 들어가는
미닫이문이 있는데 그 문으로 할머니가 다녀야 해서
할머니의 동선을 최대한 막지 않고 판매할 물건을 진열하고,
재고를 정리하면서도 내가 작업할 수 있는 영역까지
확보해야 했다. 가게를 운영할지 말지 고민하는 건 아무것도
아닐 정도로 나는 새로운 고민을 시작했다.

우선 3D로 공간을 구성해볼 수 있는 '플로어플래너'를
이용해서 설계를 시작했다. 에어컨을 두기 어려운 곳이라
이동식 에어컨을 설치하고, 필요한 가구와 진열 방식을
고민했다. 좁은 공간을 설계하면서 규격에 맞는 가구를
찾아보니 대부분 울릉도로 배송이 불가했다. 가구 목공을

할 줄 아는 남자친구 한영의 힘을 빌려 나는 가구를
디자인하기로 했다. '문고리닷컴'에서 주문한 목재는
울릉도까지 배송이 되어 다행이었다.

육지에 나가 이케아를 들러서 울릉도까지 직접 이고
지고 갈 수 있을 정도로 필요한 것을 구매하고, 자잘한
물건은 모두 택배로 부쳤다. 육지였다면, 아니 제주도만
됐어도 이 고생은 안 해도 될 텐데. 울릉도에 오지 않는
물건은 많지만 그중에서도 가구는 파손 문제 때문에 내가
배송비를 많이 준다고 해도 아예 판매하지 않았다. 직접 차를
몰고 나가 트렁크에 싣고 들어올 수도 있지만, 이제 육지에서
몰 수 없는 노후 경유차를 가진 나는 직접 발로 뛰는 게
최선이었다.

주로 시각디자인 작업만 해와서 가구 디자인을 해본
적은 없는데도 모눈종이에 가구 설계도를 그리는 일이 영
어렵진 않았다. 어디선가 본 가구 디자인을 떠올리면서
필요한 규격에 맞춰 열심히 설계도를 그리고, 그걸 바탕으로
목재를 주문한 후 제작은 한영에게 넘기기로 했다.

혼자 계신 할머니에게 냉장고와 짐들을 치워달라고 할
수는 없어서, 공간을 차지하고 있던 짐은 내가 직접 치워야
했다. 냉장고 두 대가 제일 문제였는데 같은 동네 주민인
캄인블루와 마침 울릉도에 놀러 왔던 대피소울릉 은경의
동생인 지향 부부의 도움을 받아 남자 네 명이 함께 냉장고를
가게 옆 창고로 옮겼다. 부탁하기에도 사소한 일이라 난처할
뻔했는데 가까이에 도움 청할 곳이 많아서 다행이었다.

할머니의 짐을 정리하고 나서 가장 먼저 손 볼 곳은
바닥이었다. 콘크리트 바로 위에 깔아놓은 두 겹의 장판은
습기에 우글우글 울고 있었다. 낡은 장판을 모두 걷어내니
수많은 곰팡이와 시멘트 먼지가 나를 반겼다. 마땅한 시공
도구도 없이 한영은 스크래퍼로 손수 바닥을 긁어내기
시작했다. 나는 옆에서 주황색으로 칠해진 진열용 선반에
대피소울릉에서 쓰다 남은 하얀 페인트 말통을 가져와
칠했다.

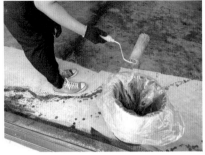

　　바닥을 다 긁어내고 다른 바닥재를 붙일까 하다가
표면이 평탄하지 않아서 고민하던 중 크고 작은 공사 일을
하면서 건재상을 하는 하나건재 삼촌이 쓰다 남은 에폭시를
주며 시공 방법을 알려주셨다. 용액을 전동드릴로 섞고 세
번에 걸쳐 바르니 먼지가 그득하던 바닥에서 광이 났다.
콘크리트의 얼룩덜룩한 면이 드러나니 주인 할머니는
지저분하다며 난색을 보였지만, 요즘은 이런 것도 숨기지
않고 드러내는 게 유행이라며 할머니를 안심시켰다.

　　공간을 밝히던 오래된 형광등을 떼어내고 작은 조명을
여러 개 두려니 전기가 많이 필요했는데, 사용할 수 있는
콘센트가 두 군데뿐이었다. 기존에 있는 선을 이용해서
콘센트를 새로 만들어야 했는데 이번에도 하나건재 삼촌에게
전선에 대해 배워 전기가 필요한 부분에 콘센트를 달았다.

6~7평 정도 공간에 들어가는 조명 10개, CCTV와 와이파이, 결제용 단말기, 스피커, 컴퓨터와 휴대폰 충전기, 2대의 선풍기와 에어컨, 천장에 붙인 실링팬까지, 이렇게 필요한 전자제품이 많다니. 둘이 땀을 뻘뻘 흘리며 만든 가구만 5개, 배송 받은 가구 4개, 의자만 3개, 선물 받은 2미터 이젤, 집에서 쓰던 수납용 가구까지 모두 가게에 들어갔다.

마지막으로 건물 외벽에 '울릉공작소'라고 간판을 달아야 했는데, 전기 사용이 필요치 않으면서 셀프 시공이 가능한 방법을 알아보니 글자를 '고무스카시'로 제작할 수가 있었다. 한 3~4만 원 정도의 금액으로 주문하고 대피소울릉에 있는 높은 사다리를 빌려 본드로 간판을 붙이니 가게 비스름한 모양새가 만들어졌다.

비가 내려 일하지 않은 날까지 포함해 3주 정도 시간을 들여 한영과 함께 가게를 만들었다. 사무용품과 최소한의 공구 등 작은 물건까지 구비하고 이 가게를 만드는 데 들어간 돈을 계산해보니 딱 300만 원이 나왔다. 가게를 접은 후에도 가져갈 수 있는 가구와 소품을 구매한 비용이 대부분이고, 시설 정비를 위한 시공에는 돈이 거의 들지 않았다. 주택에 살다보니 필요한 공구는 대부분 집에 있었고, 페인트와 에폭시는 이웃에게 무상으로 제공받고, 노동은

직접 했으니까 돈이 들어가는 곳이 거의 없었다. 연세와 초기
비용을 모두 합해 750만 원, 이 돈으로 꿈으로만 꾸던 내
공간 1년 사용권을 얻은 셈이니 꽤 괜찮은 결과였다.

　　울릉공작소를 실제로 운영하는 기간은 사실상 여름
한 철이다. 만 1년을 운영해보니 단체 관광이 아닌 개인
여행으로 오는 소수의 사람 중에서도 지나가다 우연히 '어?'
하면서 들어오는 손님이 대부분이라 여름이나 되어야 손님이
몇 명 왔다. 굳이 이렇게 손님이 없는 가게를 운영하는 건
집이 아닌 곳에 작업실이 필요하기도 했기 때문이다. 일과
살림이 분리되었으면 하는 마음도 있었고, 한영과 함께
살면서는 둘 다 집에서 일하는 프리랜서인데 같은 방에서
일을 하는 게 어렵기도 했다. 게다가 한영이 음악 작업을

하면 소음이 많으니 나는 집에서 늘 소음 공해에 시달렸다.
그 불편함이 울릉공작소 가게를 통해 모두 해소되니
만족스러웠다.

간혹 울릉공작소에 대해 취재를 오거나 일로
만나고 싶어하는 사람이 있을 때는 자연스럽게 내가 하는
일을 보여줄 수 있는 공간이자 미팅 장소로도 큰 역할을
했다. 가게 진열 선반에는 판매가 종료된 샘플 제품과
샘플만 제작해서 판매용 상품은 없는 것들이 비매품
딱지를 달고 있는데, 굳이 팔지 않는 걸 놔둔 이유는 내가
제작한 디자인을 보여주기 위해서다. 어찌 보면 커다란

포트폴리오인 셈이다. 집에서 일을 할 땐 근처 카페에서 사람을 만나야 했는데 이젠 자연스럽게 내 공간으로 부르면 되니 나도 나를 덜 설명해도 되어서 편했다. '브랜드'라고 말할 수 있는 수준은 아니긴 하지만, 브랜드 관점에서도 오프라인 공간이 있다는 건 큰 역할을 한다는 생각이 들었다. 아무리 디지털로 모든 게 가능해도, 오감으로 직접 경험한 것을 대체할 수는 없어서 울릉공작소를 알리기에도 가게가 있다는 사실이 의미가 있었다.

3부

울릉살이의 기쁨과 슬픔

울릉도의 봄과 가을

～～～～～
～～～～～

      울릉도에서는 유난히 시간이 빠르다. 관광업이 울릉도의 주요 산업인 만큼 관광 성수기인 여름을 중심으로 섬 전체가 돌아가고, 8월 말부터 태풍 소식과 함께 날씨가 안 좋아지며 차츰 관광객이 줄어들기 시작한다. 추석쯤 또 한 번 사람으로 붐비다가 10월 초 공휴일이 지나가면 기온도 급격히 떨어지며 찬바람이 불고 섬 전체가 한 해를 정리하는 분위기로 접어든다. 육지 사람들은 1년의 열두 달을 비슷한 리듬으로 산다면 울릉도 사람들은 6개월가량을 바삐 보내고 나머지는 휴식기로 보낸다. 울릉도에 이주하자마자 그렇게 바빴던 것도 여름 성수기에 모든 일이 몰렸기 때문이다.

      여름이 끝난 후 가을은 생략되는 듯이 계절은 겨울로 곧장 흘렀다. 육지와 다르게 울릉도는 봄에 꽃이 많이 피지 않고 가을에 단풍이 울긋불긋하게 물드는 곳이 많지 않다. 울릉도는 주변이 온통 자연이니까 계절마다 특성이 확연하게 드러날 줄 알았다. 하지만 봄에는 명이와 부지깽이에서 자란

하얀 꽃과 산나물이 주를 이룬다. 봄을 상징하는 알록달록한
꽃도 있지만 보통 사람들이 일부러 심어둔 것이다. 그런 꽃이
있어도 다들 나물을 캐느라 꽃에 별 관심이 없다. 여름에
초록으로 반짝이던 산이 가을의 빛깔이 될 때는 다들 여름
성수기 장사를 마무리하고 쉬느라 계절의 정취를 만끽하는
분위기도 아니다. 각 계절을 지켜보며 내가 그동안 알았던
'계절'은 굳어진 계절의 이미지를 학습한 것일지도 모른다고
생각했다.

몇 년 동안 여기서 계절을 보내면서 울릉도만의
계절을 느끼고 계절의 빛깔을 뿜어내는 숨은 장소를 알게
되었다. 2월 말 눈이 녹는 틈에 고개를 내민 전호나물을
보며 울릉도에 봄이 찾아오고 있다는 걸 느낀다.
내수전일출전망대로 가는 도로변과 태하와 현포를 잇는
도로변은 벚꽃이 피어 꽃길이 되고 그곳을 지나가면 봄을
즐길 수 있다.

8월 중순부터 서늘하게 불어오는 바람과 비스듬히
기울어가는 햇빛에서 울릉도의 가을을 느낀다. 내가 사는
북면에서는 시베리아 기단의 영향을 정면에서 받아 겨울
냄새가 묻어난 가을바람이 분다. 10월 말에서 11월 초쯤
사방이 나무로 둘러싸인 나리분지에서는 가을 색감을 볼 수
있다. 가을은 해마다 풍경이 다르다. 태풍이 자주 몰아쳐
나무에 소금기가 많이 묻으면 단풍이 덜 물들고, 태풍이
적게 오면 산이 빨갛게 물든다. 8~9월에 태풍이 잦지
않았으면 10월 말에서 11월 초에 한창인 울릉도 가을 산을
손꼽아 기대한다. 가장 바쁜 여름 성수기가 지난 후 한숨
돌리며 시원한 가을바람을 여유롭게 즐길 수 있는 가을
울릉도에서는 마음도 한없이 너그러워진다.

다이내믹 겨울 울릉도

우리나라 최대 다설지로 꼽히는 울릉도의 겨울에는 눈이 사람 키보다 더 높게 쌓일 정도로 내리곤 한다. 겨울철 동해안 거센 파도에 배는 뜨지 못하고 산골짜기 섬에 눈이 내리면 오도 가도 못하는 지경이 되니 겨울에 울릉도에서 사는 건 너무나 척박하다. 차에 겨울용 타이어를 달지 않으면 도로가 경사진 울릉도에서는 다닐 수도 없고, 도로

자체가 통제되는 날도 잦다. 그나마 최근 2만 톤급 크루즈가 다녀서 어지간한 파도에도 포항과 육지를 매일 오갈 수 있게 되었지만, 그래도 풍랑 때문에 다른 계절보다는 결항이 잦다.

어쩌다 항상 겨울에 이사하느라 눈밭에서 고생을 있는 대로 하고도 눈이 내리면 꼼짝없이 집에 갇혀 있는 고립 상태가 낭만적으로 느껴졌다. 그러나 사람 없고 통행도 어려운 겨울에 울릉도에 있는 건 힘든 일이라 두번째 겨울부터는 쭉 서울에서 지냈다. 울릉도에 사는 게 답답하지 않은 건 겨울 3~4개월을 육지에서 지낼 수 있기 때문이기도 했다.

매년 겨울은 서울에서 보내다가 울릉도에 온 지 6년째가 되는 2022년 말 겨울엔 울릉도에서 지내기로 했다. 최근 들어 비교적 눈이 적게 내렸다고 했는데, 그 겨울엔 눈이 유난히 많이 내렸다. 바람이 너무 세게 불어서 눈이 위에서 아래로 내리는 게 아니라 세탁기에서 빨래가 도는 것처럼 눈이 사방팔방으로 휘몰아쳤다. 창밖에 눈이 소복이 쌓이는 로맨스 영화의 겨울 풍경이 아니라 지구 온도가 급감하여 눈보라가 몰아치는 재난 영화의 풍경에 더 가까웠다. 산 근처에 살다보니 바닷가 마을보다 눈이 더 많이 내린다. 산지로 구성된 울릉도는 정말 신기하게 마을마다

날씨가 다르다. 천부랑 본천부는 고작 1킬로미터 차이가
나는데도 고도 차이 때문에 눈이 내리는 정도가 정말 다르다.

울릉도에 남은 겨울엔 어차피 이렇게 된 거 집에만
있으면 된다고 생각해서 차를 맨 타이어로 뒀다. 우리
동네는 온통 경사진 길뿐이라 차를 운전할 수 없어서 해변
일주도로라도 다니려고 일부러 천부 바닷가에 주차를
해뒀다. 눈이 한창 내리고 일주일 후 주차한 곳을 가보니
제설차가 다니면서 도로에 쌓였던 눈을 갓길에 밀어둔
바람에 차가 눈 더미에 갇혀 있었다. 겨울에 울릉도에서
제대로 살아본 적이 없으니 거기에 주차하면 차가 눈에

간힌다는 걸 겪어보고 처음 알게 됐다. 온종일 집 주변도
제설했는데, 차를 구출하기 위해 또 두 시간 넘게 꽁꽁
얼어버린 눈을 부숴야 했다.

　　　예상치 못한 제설이 끝나고, 천부의 길은 제설이 어느
정도 된 것 같아서 오랜만에 읍내로 나가보자고 결심했다.
분명 북면은 제설이 되어 있었는데 울릉읍에 진입하니
제설이 되지 않은 빙판이 나타났다. 다시 돌아가려고
유턴하다가 빙판에 바퀴가 미끄러져 고립되고 말았다.
다행히 사고가 난 건 아니고 움직이던 차가 멈춰서 바퀴가
계속 헛돌았다. 통행하는 차량이 없어서 위험하진 않았는데
인적 없는 도로 한복판이라 도움을 청할 곳이 없었다.
고민 끝에 군청에 전화를 하니 군청 당직 공무원께서 직접
출동해주셨다. 갖고 오신 차에 밧줄을 매고 내 차에 연결해서
잡아끄니 차가 무사히 움직였다.

　　　하루 종일 눈과 씨름한 대단한 날이었다. 그날 낮에는
집 현관문이 눈 때문에 열리지 않을까 싶어 눈을 미리 퍼서
길을 만들고, 지붕에 쌓인 눈이 떨어져 길을 막을까 싶어
미리 눈을 떨어뜨렸다. 해가 저물 때는 차가 눈에 갇혀서
눈을 펐고, 밤에는 빙판에 차가 미끄러져서 또 몇 시간을

길에서 보냈다. 정말 그날은 가슴팍에 카메라를 달고 이
모든 광경을 유튜브에 올렸으면 어땠을까 싶을 만큼 굉장한
날이었다.

어떤 날에는 집 근처에서 다른 차를 피해주려다가
눈밭에 바퀴가 빠져서 두 시간을 고생하다가, 지나가는
아저씨가 보더니 "거, 나와보소." 한마디와 함께 멋진
드리프트 운전을 뽐내며 구출해주기도 했다. 겁이 많아서
어지간하면 위험한 시도는 하지 않는데도 이런 일이 생겼다.
이 동네에 사는 이웃이 있기에 망정이지 아무래도 여기
사람들이 겨울에 육지로 나가는 이유가 다 있다.

어린 시절을 눈이 잘 안 내리는 부산에서 보내서 눈이 이렇게까지 많이 내릴 수 있다는 건 울릉도에서 처음 알았다. 그런데도 보통 기온은 영상이고, 1년에 손에 꼽을 수 있을 만큼 영하로 기온이 떨어진다. 서울보다 훨씬 따뜻한데도 눈이 많이 내리고 가끔 영화에서 나오듯 예쁘게 눈이 내리는 걸 볼 때면 여기가 현실이 아니라 다른 세계에 와 있는 기분이 든다. 특히 SNS에서 육지의 맑고 파란 하늘 사진을 보면 몇 날 며칠 눈만 내리는 울릉도 풍경이 이질적으로 느껴졌다.

겨울 울릉의 특권

≋

산동네에 살면 윈터 타이어, 스패츠, 아이젠, 눈삽은
필수로 구비해야 한다. 겨울에만 사용하는 윈터 타이어를
봄부터 가을까지 보관할 장소가 따로 있어야 하는 건 덤이다.
관광업이 주를 이루는 울릉도에 관광객이 오지 않는 겨울은
수입이 없기 때문에 대부분 주민이 육지로 나간다. 식당도

카페도 없고 편의점과 몇몇 슈퍼 정도 문을 여는 겨울은
아주 고요하고 한적하다. 겨울에는 계속 육지에 나가 있다가
울릉도에서 남자친구와 같이 살고 나서는 일부러 겨울에도
울릉도에 남아 눈이 퍼붓는 풍경 속에서 지내고 있다.

둘 다 프리랜서라 겨울엔 자발적 백수가 되어
울릉도에서 하루 종일 내리는 눈을 바라보곤 한다. 하얀
눈이 소복하게 쌓인 동화 같은 풍경을 보는 즐거움은 사실
얼마 되지 않는다. 지붕 위 눈을 떨어내고, 여닫이 현관문이
열리지 못할 만큼 눈이 쌓이기 전에 마당에 있는 눈을 계속
쓸어내느라 온종일 노동을 해야 한다. 노동하는 김에 겨우내
집을 비운 이웃집에 가서 미리 제설해주기도 하고, 양
옆집과 앞집에 가서 마당에 쌓인 눈을 치워준다. 어떨 때는
스패츠와 아이젠을 차고 낚시할 때나 입는 방수복을 입고

천부까지 걸어 내려가 편의점에서 과자를 사오느라 하루를
다 보내기도 했다.

　　겨울을 두 번 보내고 나니 둘이서 성인 두 명이 들어갈
규모의 이글루를 두 시간 정도에 만들 수 있게 되었다. 집에
있던 사다리꼴 모양의 육면체 수납 박스에 눈을 담아 눈
블록을 여러 개 만들어 이글루 모양으로 쌓아가는 방식이다.
다 만든 이글루에는 작은 조명을 달아 노랗게 밝혀놓고,
집에서 가스버너와 라면, 김치까지 챙겨와 꼭 그 안에서
라면을 끓여먹어야 한다. 게다가 이글루 안에서 라면을
끓이면서 생기는 수증기가 이글루를 더 튼튼하게 만드는
효과가 있다.

아무도 없는 본천부 마을에서 소복하게 쌓인 새하얀 눈 위에 첫 발자국을 내며 쏘다니는 겨울. 어디로도 갈 수 없고 온종일 눈과 씨름해야 하지만 눈보라 속에 있는 순간이 아마 내가 울릉도에서 계속 사는 이유가 아닐까.

취미는 그저 숲과 바다 그리고 하늘

~~~~~~~
~~~~~~~

서울에서 직장인일 때는 퇴근길에 장보기부터
설거지까지 여러 집안일을 하다 지쳐 잠드는 게 보통의
일상이었다. 잠을 좀 더 잘 수 있을 뿐 주말도 비슷했다. 항상
집안일이 끝나질 않아 여가가 없으니 취미 생활은 나에게
사치처럼 느껴졌다. 평일에는 일하고 주말에는 가끔 친구
만나고 집안일만 해도 이렇게 바쁜데 어떻게 취미 생활을 할
수 있는지 모를 일이었다. 그러고 보면 나는 디자인, 회사
일의 관련 분야가 아니면 특별히 관심 있는 것도 없었다.

울릉도로 이사한 나를 보고 많은 분들이 수영이나
등산, 캠핑처럼 밖에서 하는 활동적인 취미가 있을 거라
생각하는데 그런 활동에 큰 관심이 없다. 서울에서 그랬던
것처럼 여기서도 별다른 취미가 없다. 집에 있는 걸 좋아해서
며칠이고 집에만 있어도 그리 불편하지 않아서 밖에서
사람을 만날 일이 없으면 집에 있었다. 내가 먼저 누군가에게
연락하여 만나자고 하는 일도 거의 없다. 어찌 보면 전반적

삶의 형태는 도시에서나 시골에서나 별반 다를 바가 없다.

다만 다른 점은 환경이다. 울릉도에서는 어딜 가든
울창한 숲길과 먼바다 끝까지 보이는 수평선이 늘 함께한다.
굳이 내 취미를 꼽자면 일출과 일몰을 좋아해서 해가 뜨고
지는 시간에 알람을 맞춰놓고 집 앞 바닷가로 나가서
하늘을 올려다보는 것이다. 그 순간 잠깐의 벅차오르는
감정이 좋아서 매일 보는 풍경임에도 언제나 그 시간을
기다렸다. 일이 별로 없을 때는 해가 뜨고 지는 걸 보는 게
가장 큰 일과이기도 했다. 몇 발짝 움직이면 대단한 풍경을
볼 수 있다는 사실도 좋았고 하늘이 붉게 물들었다 점점
어두워지는 변화를 감상하는 것도 재밌었다.

한때 계약직으로 일했던 해양연구기지는 현포 웅통개
바닷가에 있다. 가끔 비가 주르륵 내리다가 하늘이 갠 후
색이 뚜렷한 무지개가 커다랗게 나타나면 너도나도 일하다
말고 바깥으로 나가서 무지개를 구경했다. 사무실에서
넓은 바다를 내려다보며 일하는 것도 참 근사한 일인데
가끔 멋진 무지개도 볼 수 있어 기뻤다. 어떤 날은 무지개가
크고 짙어서 일하던 중간에 연구원님과 차를 타고 무지개가
이어지는 곳을 향해 무작정 달리기도 했다. 기상이
불안정하면 노을이 더욱 오묘하고 아름답게 빛을 내기도

하는데, 유독 붉고 눈부신 노을이 있는 날에는 사무실의
하얀 백열등을 잠깐 끄고 창밖의 노을을 감상하기에 바빴다.
삭막했던 사무실이 낭만적이기 그지없었다.

　　해가 좋은 날은 나리분지에서 추산으로 통하는
숲길을 자주 걷는다. 그 숲길은 사람이 없고 햇살이 나뭇잎
사이로 드리워 초록빛으로 가득 찬다. 너무 길지도 짧지도
않은 적당한 거리의 길을 걷고 나면 좋은 공기를 실컷 마셔
상쾌하다. 숲길이 끝나면 저 멀리 펼쳐진 바다가 조금씩

보이면서 산비탈 길을 내려갈 수 있는데 옆엔 작은 교회가
있고 마치 동화 속 한 장면 속에 들어온 것 같다.

　　섬에 살면서 문득 가시거리가 무척 넓어졌다는 걸
알게 되었다. 포항에만 나가도 길을 걷고 있으면 빌딩이
즐비해 바로 코앞에 가게 간판이 있다. 금세 내 시선은
휴대폰으로 향한다. 울릉도에서는 집 밖을 나가면 끝 모를
수평선, 높디높은 산맥, 높은 하늘에서 빠르게 흘러가는
구름이 보인다. 살면서 이렇게 먼 곳을 볼 일이 많지
않았는데 여기에 와서는 시선을 저 멀리까지 뻗어보는 게
익숙해졌다.

자연이 이토록 아름다운 곳에 살면서도 집에만 있는 나를 보며 사람들은 "그러면 울릉도까지 가서 무슨 재미로 살아?"라고 묻는다. 꼭 내가 그 자연에 들어가 몸으로 직접 느껴야 한다고 생각하지 않는다. 가까이서 그 풍광을 바라볼 수 있고 창을 내다보면 언제든 산과 하늘이 보인다는 것만으로도 이곳은 충분히 내게 좋은 곳이다.

매일 같은 풍경을 보면 지루할 법도 한데 자연은 매 순간 같은 적이 없다. 같은 곳이지만 구름의 모양과 속도도 늘 다르고, 해와 달이 뜨는 지점도 매일 변한다. 달라지는 모습을 관찰하다 보면 일주일, 한 달이 훌쩍 지나고 계절이 흘러 있다. 사람이 만든 것은 금방 질리는데 자연은 그렇지 않았다. 가끔 아니 자주 도시 문물이 그리웠지만 여기서 본 다양한 색깔을 가진 풍경은 내일이 어떨지 기다려지는 것이었다. 아무래도 매일 보는 풍경이 이렇다보니 이곳에서는 사람도 느긋하고 시간도 여유롭게 흐르는 것 같다.

할머니와의 우정

~~~~~~~~
~~~~~~~~

　　지금 사는 본천부 마을은 열 가구 남짓 사는 아주 작은
마을이어서 젊은 내가 이사를 오니 주변 이웃 분들이 환하게
반겨주셨다. 특히 옆집 할머니는 전세로 2년, 그리고 그 집을
사서 살고 있는 지금까지 나를 진짜 이웃으로 대해주신다.

　　어느 날 할아버지 없이 혼자 사는 옆집 할머니가 문을
탕탕 두드리기에 나가보니 급하게 천부 슈퍼를 가야 하는데
곧 나갈 거면 자신을 태워줄 수 있겠냐고 물어보셨다. 딸이
울릉도에 들어와 있을 때는 딸의 차를 타고 다녔는데, 딸이
육지로 나가니 천부에 내려가는 길이 막막하다고 하셨다.
그날 내 연락처를 알려드리고 혹시 어디 가야 하면 전화를
해달라고 말씀드렸다.

　　우연히 알게 된 할머니의 연세는 무려 아흔 살이었다.
저렇게 얼굴이 맑고 광이 나는데 구순이라니! 나이를 믿을 수
없을 만큼 동안인 할머니는 여태 집 근처 밭을 일구며 농사를

지으셨다. 거의 새벽 3시 30분쯤엔 일어나 밭에 나가시고,
무거운 농약통을 등에 짊어지고 약도 직접 치신다. 농작물을
한아름 들고 집에 돌아오실 때 몇 번이나 마주쳐서 대신
들어드리기도 했다.

언제는 옆집 할머니께 전화가 왔는데, 아침에 밭에서
'땡삐(땅벌)'에 쏘여 의료원에 가야 하는데 혹시 읍에 나갈
일이 있냐고 물어보셨다. 나갈 일은 없었지만 벌에 쏘였다는

말에 너무 놀라서 할머니가 덜 미안하도록 마침 도동 가는 길이라며 둘러대고 급히 의료원으로 향했다. 퉁퉁 부어 있던 할머니 손은 응급실에 가서 진료를 받고 다행히 큰 문제 없이 잘 치유가 되었다.

이렇게 종종 도와드리다보니, 옆집 할머니는 밭에서 키우는 제철 과일과 야채를 틈만 나면 우리 집에 주신다. 울릉도 산나물은 기본이고 귀한 울릉도 홍감자도 한 박스나 얻어먹었다. 할머니 덕분에 옥수수, 수박 등 울릉도에서 귀한 농작물을 아주 싱싱하게 먹는 행운을 누린다. 옆집 할머니를 보면서 내가 점차 늙어갈 날을 미리 생각해보게 된다. 나도 할머니의 환한 얼굴처럼 곱게 늙고 싶다. 닮고 싶은 어른이 옆집에 살아서 참 다행이고 감사하다.

울릉도의 명물, 오징어

'울릉도' 하면 오징어, '오징어' 하면 울릉도라 할
정도로 오징어는 울릉도의 대표적인 수산물이다. 동해
수온의 변화와 중국 어선의 남획으로 지금 오징어는
울릉도에서도 귀한 존재가 되었다. 2024년 기준으로 인구가

9천여 명인데, 한창 오징어가 많이 잡히던 1970~80년대에는 거의 3만 명에 육박했다고 한다. 바다에 나갔다 하면 만선이던 그 시절엔 동네 개가 만 원짜리 지폐를 물고 다닌다고 할 정도로 주민들의 주머니 사정이 넉넉했단다. 그러다 시대가 바뀌며 1990년대부터는 어업에서 관광업으로 울릉도의 산업구조가 점차 바뀌기 시작해서 지금은 어업 규모가 크게 줄어들었다.

내가 처음 울릉도에 왔던 2018년만 해도 이웃집에 가면 오징어를 흔하게 볼 수 있었는데, 이젠 새벽같이 저동 어판장에 나가서 사와야 먹을 수 있다. 날이 선선한 가을쯤 오징어를 잡는 어선이 저녁에 출항한다. 동이 트기 전 저동 어판장에 어선이 하나둘 도착하고 배에서 밤새 잡은 오징어가 나온다. '오징어 배를 따는' 할머니들이 쭈그려 앉아 새벽에 도착한 오징어를 손질해서 내놓는데 아침 일찍 가면 그 오징어를 살 수 있다.

친구들과 새벽같이 저동으로 달려가 오징어를 사려고 기웃대고 있으면 오징어를 사러 나온 아는 얼굴을 만나 인사를 나누느라 바쁘다. 어떤 날은 군수님을 만나 운 좋게 오징어를 몇 마리 얻어오기도 했다. 싱싱한 오징어를 집으로

가져와 다른 집처럼 말려보겠다며 마당에 넣어두었다. 너무
많이 말리지 않고 하루 이틀 정도 살짝 말리면 촉촉하고
쫀득한 '피데기(반건조 오징어)'가 된다.

멀쩡할 날 없는 도로

～～～～
～～～～

　가끔 육지를 나가면 반질반질 윤이 나고 깨끗한
자동차들에 눈이 돌아간다. 울릉도에는 멀쩡한 차보다
녹슬고 어딘가 부서지고 먼지를 뒤집어쓴 차가 더 많다.
내가 운전을 시작한 2020년에는 도로가 말끔하게 포장되지
않아 울퉁불퉁한 표면이 느껴졌다. 안 그래도 2004년형 낡은
SUV를 몰고 다녀 승차감이 좋질 않은데 도로가 거칠어 내
차를 타면 트럭을 타는 기분이었다. 게다가 양방향도 되지
않는 좁은 도로가 많았는데 다행히 2020년이 되면서 도로에
중앙선이 표시되었다.

도로가 왜 그 모양인지는 울릉도에 살면서 자연스럽게
알게 되었다. 도로에 무섭게 올라오는 거친 파도와 거센
바람 때문에 바위가 마구 떨어져 아무리 도로를 보수해도
다시 찍히고 부서져버리는 거였다. 길도 버티지 못하는
환경인데 자동차가 멀쩡할 수는 없었다. 낙석으로 도로에
산재된 돌을 밟고 타이어가 찢어졌다는 이웃의 소식이

심심치 않게 들려왔다. 맞은편 차량을 알려주는 반사경은 늘
넘어져 있거나 부러져 어딘가로 날아가 있었다. 그런 사고를
막기 위해 울릉도에는 '피암터널'이 곳곳에 있다. 터널에
규칙적으로 난 창밖으로 보이는 바다와 하늘은 울릉도에서
차를 타고 달리며 느낄 수 있는 묘미이기도 하다.

    바닷가 동네는 대개 그렇지만, 울릉도도 거센
바람에도 문을 잘 여닫을 수 있도록 보통 여닫이문이 아닌
미닫이문을 현관문으로 사용한다. 바람이 세게 부는 날에는
여닫이문을 열고 닫을 수가 없거나 쉽게 부서지고 만다. 지금
살고 있는 집은 비교적 신식으로 보수된 주택이라 현관문이
여닫이문인데, 이사 전 도배하는 날에 현관문이 날아갔다.
하필 비바람이 몰아치던 날에 도배를 하게 되어 안 그래도

걱정인데, 도배지를 옮기느라 잠깐 열어놓은 현관문이
바람에 날아간 것이다. 마당에 털썩 쓰러져 있던 현관문을
보고 얼마나 어이가 없던지. 시골 섬마을엔 현관문을
고칠 부품도 없어서 방문에 사용하는 경첩을 대충 달아서
지금까지 쓰고 있다.

납품하러 가는 길은 신난다

잠깐 연구소로 출퇴근할 때 아침저녁으로 북면
일주도로를 달리는 게 참 좋더니, 울릉도 기념품을 제작해
판매처에 납품하러 이동할 때도 차로 달리는 게 정말 좋았다.
납품하러 가는 길은 바다가 펼쳐진 아름다운 풍경이어서
돈 받으며 드라이브하는 느낌이라 기분이 더 좋다. 대부분
거래처가 읍내인 저동과 도동에 있어서 효율성만 따지면
나도 읍내에 사는 게 편하겠지만 북면 천부에서 읍으로 나갈
때마다 멋진 풍경을 자주 볼 수 있어 내가 사는 동네가 더
마음에 든다.

한번은 도동케이블카를 타고 올라가 독도전망대 매점에 납품을 시작했는데, 제품 박스를 품에 앉고 케이블카를 타고 올라가는 기분이 묘했다. 케이블카는 늘 돈을 내고 여행 목적으로 탔는데 일 때문에 공짜로 타고 있으니 말이다. 돈도 벌고 여행도 가는 기분이었다. 처음 울릉도를 여행하면서 너무 비싼 물가에 놀라서, 이 정도면 그냥 집을 구해놓고 종종 여행을 오는 게 제일 저렴한 방법이 아닐까 생각했던 적이 있었다. 여행을 하던 곳을 업무상 찾을 때, 그때 생각했던 것처럼 가장 저렴한 방법으로 울릉도를 여행하고 있다는 생각에 쾌감이 느껴진다.

난생처음 수영을

~~~~~
~~~~~
~~~~~

울릉도에 5년을 살다보니 수영을 해볼 기회가
찾아왔다. 같은 동네의 프리다이빙 업체 '캄인블루'에서 이웃
주민이라는 이유 하나로 프리다이빙 교육을 해주겠다고
하셨다. 나는 물 공포증이 있어 평소라면 거절했겠지만 운동
신경이 좋은 친구들은 다 같이 참여하길래 분위기에 휩쓸려
슬쩍 나도 함께하게 됐다. 일단 저질러놓았지만 물에 뜨지도
못하는 내가 프리다이빙을 할 수 있을지 갈수록 걱정이
쌓여만 갔다.

어느 오후 마침내 첫 실습이 시작됐다. 나가기 전에는
끙끙 앓을 정도로 몸이 좋지 않았지만 나는 물 공포증이
극심하기 때문에 앞으로 선생님이 많이 고생하실 텐데
결석까지 할 수는 없었다. 용기를 내서 바다에 나갔지만
프리다이빙 슈트를 입는 것부터 난관이었다. 바다에 머리를
담그고 상의를 입어야 했는데 나는 물속에 머리를 담그지
못해 옷 하나 입는 것부터 두려움에 덜덜 떨어야 했다.

겨우겨우 슈트를 입은 나는 그렇게 수심 10미터 가까이 되는 깊은 바다로 나아갔다.

　　함께 수업을 듣는 인원은 나를 포함해 네 명, 선생님까지 총 다섯 명이 무리 지어 바다로 헤엄쳤다. 난 수영은커녕 물에도 뜨질 못해서 부이를 잡고 선생님에 의지해서 겨우 바다로 나아갔다. 울릉도 바다는 수심이 급격하게 달라져 조금만 나아가도 훨씬 깊어졌다. 친구들 모두 수영을 할 줄 알고 물에 익숙해서 수업을 잘 따라가는 반면 나는 거의 특별 교육을 받아야 했다. 일단 머리를 물속에 집어넣는 것부터 인생을 건 도전이었다. 귀에 물이

들어가는 게 너무 무서웠는데, 친구들의 도움으로 몸을 덜덜 떨어가며 물속에 머리를 담그는 연습을 했다. 물에서 뜨기 위해, 몸에 힘을 빼고 편안하게 엎드려 부이를 잡은 손을 쫙 펴는 연습을 했다. 총 세 번의 실습을 했지만 결국 나는 물에 뜨는 법도 익히지 못했다.

프리다이빙 수업에서는 바닷속에서 줄을 잡고 수심 12미터까지 내려갔다 돌아오는 훈련을 한다. 나는 물에도 못 뜨는 초보였지만 선생님의 맞춤형 가르침으로 3미터를 내려갔다 돌아올 수 있었다. 발이 닿는 곳까지만 갈 수 있던 내가 3미터를 거꾸로 내려갔다가 올라오다니! 믿을 수 없었다. 줄을 잡고 더 내려갈 수 있을 것 같았지만 왠지 겁이 나서 다시 올라왔다. 친구들의 격려와 도움으로 간신히 울릉도 바닷속을 보았다. 바다는 참 맑고 투명했다. 바다로 둘러싸인 곳에 살면서도 물에 들어갈 줄 모르는 내가 자유롭게 수영까지 할 수 있다면 울릉도를 더 사랑하게 될지도 모른다고 생각했다.

캠핑, 그 흔한 일상

도시에 비해 비교적 쉽게 캠핑을 할 수 있는 울릉도는 코로나19 시국을 맞아 해외로 가지 못하는 캠핑족에게 큰 사랑을 얻었다. 2019년까지는 잘 보이지 않던 텐트가 2020년 이후에는 흔히 볼 수 있는 광경이 되었다. 그 수요에 맞춰 울릉군에서도 캠핑장을 정비하고 새로운 캠핑지를 만들고 있다. 앞으로 점점 아웃도어를 즐기기에 제격인 섬이 되어가는 중이다.

나처럼 울릉도에 자발적으로 이사 온 이웃들 중에는 캠핑이 유행하기 전부터 이미 오랜 시간 등산을 하고 텐트에서 잠을 자는 게 익숙한 사람이 많다. 그들이 울릉도에 올 수 있던 것도 육지에서 배낭 하나 메고 떠나던 습관이 몸에 배어 있기 때문일지 모른다.

나리상회 부부는 매일 일상이 캠핑이다. 매일 저녁, 캠핑 테이블 위에 맛있는 요리를 차려놓고 캠핑 의자에 앉아 멋진 산을 바라보며 식사를 한다. 마음 좋은 나리상회 소현 언니가 수시로 불러주어 자연에서 누릴 수 있는 분위기의 맛을 알게 되었다. 좋은 풍경이 있으면 어김없이 간단한 도구를 들고 떠나는 대피소울릉 부부를 따라 가서 자리를 잡고 앉아 있으면, 걸어서 눈으로만 보았던 울릉도의 풍경도 새롭게 느껴졌다. 다른 사람들과 낯선 곳에서 보내는 시간을 통해 작은 섬을 여러 구도로 볼 수 있었다.

캠핑은 좋은데, 단 하나 커다란 장벽이 바로 벌레다. 울릉도에 와서 알게 되었는데 나는 모기 알레르기가 있다. 한번 물리면 잘 가라앉지 않고 통통 붓고 진물이 난다. 게다가 울릉도 바닷가에는 흔히 '깔따구'라 부르는 파리 같은 곤충이 있는데, 깔따구에 물리면 모기에 물릴 때와 다르게 극심히 가렵고 붓고 열이 나서 한 방만 물려도 의료원에

가서 스테로이드를 처방받아야만 한다. 나는 깔따구에 더
취약해서 보통 사람보다 더 크게 아팠다. 물린 흔적을 초기에
관리하지 않으면 한두 달간 상처가 가고, 흉터는 몇 년
동안 남아 있다. 한번 현포에서 캠핑을 하다가 다리 전체를
깔따구에게 뜯기고는 오래 고생을 했다. 울릉도에서 바다
수영을 하거나 캠핑을 하는 사람이 있으면 벌레 물린 곳에
바르는 약과 벌레 기피제를 꼭 챙겨준다.

저동과 도동에 가면

~~~~~

    내가 울릉도에 막 살기 시작했을 때 읍내인 저동과
도동 편의점에 수제 맥주가 들어온 지 얼마 되지 않은
시점이었다. 몇몇 이웃에게서 육지에 있는 친구에게 수제
맥주를 택배로 받아서 마셨다는 일화를 들었다. 울릉도에
편의점이 읍내에만 있고, 일주도로가 다 개통되기 전엔
수제 맥주뿐만 아니라 와인 한 병을 사려면 저동이나 도동의
편의점에 가야 했다. 한 시간을 넘게 달려서 먼지가 뽀얗게
앉은 디아블로와 옐로우테일을 발견했을 땐 기쁜 마음이
절로 들었다.

2019년에 일주도로가 개통되고는 아무런 부담 없이 저동으로 나갈 수 있다. 그렇다 해서 읍내를 하루에 여러 번 오가지는 않기 때문에 한번 읍에 나갈 때 가능한 한 많은 일을 처리하고 온다. 군청이나 등기소 같은 관공서를 가는 날엔 일을 다 본 후 저동 '오레시피'에 들러 장을 보고, 북면에 없는 주유소를 들러 기름을 넣는다. 거기에 기념품을 납품할 일까지 있으면 아주 뿌듯하게 읍내 일정을 마친다. 가끔 도시의 맛이 그리우면 나간 김에 롯데리아에 들러 새우버거를 시킨다. 육지와 다르게 라지 사이즈만 주문이 가능해서 가격이 비싸긴 해도 사람이 많지 않아서 언제나 방금 만들어 맛있는 햄버거와 감자튀김을 먹을 수 있다.

콩나물이 없다고?!

~~~~~~~~
~~~~~~~~

저녁에 뭘 먹을지 고민하던 어느 날, 콩나물
무침을 꼭 먹고 싶다는 생각에 천부 강남마트로 달려갔다.
그러나 콩나물은 고사하고 진열대가 텅텅 비어 살 수 있는
게 아무것도 없었다. 오늘 화물선이 뜨지 않아서 물건
들어온 게 없단다. 현포 하나로마트, 저동 오레시피, 저동
하나로마트까지 콩나물을 팔 만한 마트 모든 곳에 전화를
해봐도 콩나물이 없다고 했다. 콩나물 2천원어치를 사려고
차로 왕복 한 시간까지 갈 마음이었는데 아마 콩나물은 이
섬 아무 데도 없을 거라 했다. 콩나물 정도는 울릉도에서
재배하는 줄 알았는데, 모두 육지에서 들여오는 거였다.
그러니까 파도가 높으면 콩나물도 없는 것이다!

2020년대에 콩나물 한 봉지를 구할 수 없다는
사실은 진정 내가 울릉도에 살고 있다는 현실을 일깨웠다.
구할 수 없다면 내가 재배를 해봐야겠다며 가정용 콩나물
재배 용품을 알아보기 시작했다. 나보다 울릉도에 더
오래 산 이웃에게 이 이야기를 하니, 안 그래도 다 먼저
겪은 일이라며 집에서 키우면 양껏 먹을 수 있게 자라지
않아서 키우다 말았다는 경험담을 들려주었다. 그 말을
듣고는 콩나물 재배는 바로 포기하고 언제든 먹을 수 있는
냉동식품을 냉동실에 꾸준히 채워 놓는 사람이 되었다.

답답할 땐 섬 한 바퀴

면적은 제주도의 약 26분의 1이고 도시 대단지 아파트 거주 인구보다 적은 9천 명이 사는 울릉도는 아무래도 좁다. 처음 가보는 곳을 돌아다니고 싶은 욕구가 불쑥 치밀어 오를 때가 있다. 우리 동네 말고 모르는 사람만 있는 다른 시의 대형 카페에서 반나절만이라도 시간을 보내고 싶은데 여기선 달리 방도가 없다.

그럴 때마다 내가 향하는 곳이 있다. 다름 아닌 사동 CU 편의점이다. 그곳은 매장도 크고 주차도 편할 뿐만 아니라 동네 편의점인 천부 CU에 없는 다양한 제품이 있다. 그곳으로 향하는 가장 큰 이유는 가는 길에 즐길 거리가 많아서다.

일과가 끝난 저녁에 천부에서 출발해 현포로 향한다. 그때쯤 해가 예쁘게 동해로 떨어지고 그 광경에 저절로 감탄하게 된다. 구불구불한 언덕을 넘으면 서면에 도착한다.

요즘 이 동네는 별일 없나 하며 기웃대다가 새로 생긴 가게가 있으면 다음에 와볼 날을 기약한다. 그렇게 다시 달려 사동에 도착하면 CU 앞에 차를 대놓고 도시에 온 듯한 기분을 만끽한다. 아이스크림 하나를 물고 다시 출발을 해서 도동과 저동을 지나 집으로 향한다. 이 길이 나만의 드라이브 코스다.

가끔 그 한 바퀴로도 아쉬우면 괜히 석포로 올라가서 오징어배가 떠 있는 풍경을 보고, 또 아쉬우면 나리분지에 차를 대고 놀이터에서 버스 종점까지 걷다가 집으로 내려온다.

아무리 여유를 부려도 두 시간 반 남짓이면 울릉도 전체를 한 바퀴 돌 수 있다. 이렇게 저녁 시간이 심심한 주민들은 삼삼오오 모여 배드민턴, 테니스, 탁구, 헬스 등 운동을 하기도 한다. 한때는 친구 행복이와 하루 만보를 목표로 잡고 천부를 빙빙 돌기도 했다. 천부에서 태어나 자란 행복이는 그 시절 천부에는 전복이 바닷가에 막 널려 있었다며 옛날 이야기를 들려주었다.

더이상 여행이 아닌 현실이 된 울릉도에서는 마음을 먹지 않으면 바로 옆 동네조차 갈 일이 없다. 천부 안에서만 맴돌다보면 점점 내가 좁아지는 느낌이 드는데, 울릉도를 한 바퀴씩 돌면 그런 기분이 나아진다. 스무 살이나 된 내 고물차는 연비가 아주 안 좋아서 울릉도를 한 바퀴 돌려면 기름을 많이 먹지만, 그 정도 여가를 위해서는 아깝지 않다.

괭이갈매기를 위해 속도를 줄이다

〰〰〰

날이 따뜻해지면 갈매기가 북면 삼선암과 관음도를 중심으로 몰려들어 번식을 하고, 7월쯤이면 아기 갈매기가 알을 깨고 나와 회색 병아리들이 온 길 위에서 삐약거린다. 차가 쌩쌩 다니는 도로인데 뭣도 모르는 이 아기 새들은 뒤뚱거리며 길 한복판을 떡하니 차지하고 있다. 그러다 빠르게 지나가는 차에 치여 죽는 아기 새도 많다. 이 모습이 늘 안타까워 아기 새가 부화할 때가 되면 무척 조심해서 차를 운전한다.

북면 삼선암 근처에 터널을 뚫는다고 공사를 오래 했었는데, 그 터널이 완공되고 나서 갈매기가 눈에 띄게 줄어든 느낌이 들었다. 전에는 운전하는 중에도 흔히 아기 새를 볼 수 있었는데, 점점 차에 치인 새 외에는 잘 보이지 않았다. 아무래도 터널이 생기며 자동차 속도가 전보다 빨라지니 더 안전한 곳에 숨어 있는 것 같았다. 아기 새를 보려고 삼선암 근처에 주차를 하고 걸어다녀보았다. 터널이 생긴 후 사용하지 않게 된 도로변에 온 동네 갈매기가 다 모여 있었다. 갈매기가 짝짝거리는 소리로 귀가 아픈 경험은 처음이었다. 마치 갈매기의 섬에 내가 방문한 것 같았다.

막 태어나 세상 분간을 못 하는 듯 어리바리한
아기 새가 귀여워서 멀리 서서 구경하느라 시간 가는 줄을
몰랐다. 아기 새들은 날이 더워질수록 점점 차를 잘 피할
줄도 알고 나는 법을 익혔다. 7월쯤 털갈이를 하면서 우리가
아는 갈매기 모양이 되었지만 여전히 아기 티를 못 벗고
행동이 굼뜬 청소년 갈매기들이 어설프게 날아다녔다. 차가
지나가면 피하질 않고 꼭 앞 유리에 박을 것처럼 다가와 나를
놀래는 갈매기들은 열심히 날갯짓을 연습해서 7월 말이
되면 완전히 사라진다. 날이 아주 더워지기 전 갈매기는 더
북쪽으로, 아마도 오호츠크해 방향으로 날아가기 때문이다.

동해를 중심으로 돌아다니는 철새인 괭이갈매기에게
울릉도는 번식하는 아주 중요한 장소다. 더 넓은 도로가
생기고 낙석을 피할 수 있는 안전한 터널이 지어져서
그전보다 다니기엔 편하지만, 갈매기들이 더 이상 지내기
어려워질까 걱정스러운 마음도 든다. 매년 돌아오는
갈매기를 오래 볼 수 있으면 좋겠다.

귀하디귀한 문화생활

~~~~~
~~~~~
~~~~~

울릉도에 와서야 내가 도시에서 문화생활을 잘하고 있었다는 걸 깨닫게 되었다. 영화가 개봉하면 영화관에서 보았고 주말엔 전시를 보러 여기저기 다니기도 했는데, 그땐 그게 일상적이라 문화 혜택을 누리고 있다는 사실을 알지 못했다. 송곳봉이 멋지게 내려다보고 있는 푸른 동해안 바닷가에 살고 있지만 어떤 면에선 예술 작품과 트렌드에 대한 소통이 사라져서 마음 한구석이 삭막해지는 것 같았다. 어떻게든 그 한계를 극복해보고자 미지의 세계 인터넷을 적극 활용하기로 했다.

한번은 국립현대미술관에서 했던 전시 〈마르셀 뒤샹〉을 꼭 보고 싶었는데 도저히 일정이 맞지 않아서 포기해야 했다. 아쉬움에 알아보니 네이버TV에서 큐레이터 전시 투어를 생중계하는 관람 이벤트가 있었다. 비록 화면으로 봐야 했지만 그렇게라도 서울 한복판에서 열리는 전시를 볼 수 있다는 것이 감동스럽기까지 했다.

또 메타버스를 통한 온라인 전시 서비스가 막 제공되고 있어서 작은 휴대폰으로나마 전시관에 간 기분을 내보기도 했다. 영화관에 못 가는 아쉬움을 달래려고 매일 밤 심야 상영회라며 영화를 틀고 미리 사놓은 팝콘을 뜯기도 했다. 왓챠와 넷플릭스를 구독하고도 그리 자주 보진 않았는데 울릉도에서는 유독 열심히 보게 되었다.

서울에서는 아주 쉽게 미술관이나 문화센터에서 교양 강의를 들을 수 있는데, 막상 서울 시민일 때는 미뤘던 일이 울릉도에 오니 너무 아쉬웠다. 그래서 볼 만한 게 없나 검색하다가 당시 EBS에서 방영한, 마이클 샌델 교수가 나온 〈정의란 무엇인가 2〉라는 5부작 교양프로그램이 있어서 열심히 챙겨 보았던 기억이 난다.

관심을 가지면 꼭 직접 가서 접하지 않더라도 기술을 이용하여 얼마든 다양한 것을 접할 수 있다. 열성을 가지고 찾다보니 요즘 세상에는 의지만 있다면 이런 한적한 동네에서도 문화생활에 대한 욕구를 어느 정도는 충족할 수 있다는 걸 알았다. 그렇지만 도서 지역에는 문화나 예술을 체험할 기회가 현저히 적은 게 사실이고, 미술을 전공했고 문화, 예술에 관심을 가진 사람 입장이라 지역 안에서 어떤 식으로든 누릴 거리를 제공하는 일을 해볼 수도 있겠다는 꿈을 꾸기도 했다.

그래도 울릉도에서는 문화생활에 한계가 있다보니 육지에 나갈 일이 있으면 재빠르게 그때 하는 영화와 전시를 알아봤다. 울릉도에 이사를 온 후 처음으로 육지에 나가던 2019년 4월에는 서울에 가자마자 서울시립미술관에서 열렸던 〈데이비드 호크니〉 전시를 보았고, 그해 6월쯤엔 한창 영화 〈기생충〉이 개봉해서 난리가 났는데, 포항으로 나가자마자 오랫동안 쓰지 않은 영화관 애플리케이션을 열어서 예매하고 관람을 했다.

그다음으로는 병원과 은행을 들렀다. 아무래도 의료 환경이 부족하니 육지에 나가는 날이면 진료받으러 가기 바빴다. 울릉도에 없는 은행은 육지에 나갈 때만 갈 수 있다. 울릉도에서 나가면 쉴 새 없이 돌아다니면서 미뤄뒀던 일을 한꺼번에 처리해야 한다. 또 나온 기간에 꼭 만나야 할 친구 한두 명만 잠깐씩 만났다. 캐리어를 끌고 서울역 앞에서 친구를 보고 포항행 기차를 타기도 여러 번이었다.

지금도 육지에서 열리는 국제도서전, 일러스트레이션페어, 리빙디자인페어 같은 큰 행사부터 디자이너를 위한 작은 소모임 등 여러 활동이 참 그립다. 부산에서 대학 생활을 할 때는 물리적 한계를 극복하려고 당일치기 서울 일정도 마다하지 않고 다녔는데 울릉도에서는 불가능하다. 매년 하는 문화 행사 일정은 미리 찾아보고, 꼭 보고 싶은 건 미리 계획을 하게 되었다. 어쩌다 콘서트라도 예매해두면 그날을 손꼽아 기다린다. 뭔가 간절히 기다리는 마음이 있으면 참 설렌다. 어쩌다 전시를 한번 보면 기억에 많이 남고 그때 기록과 사진을 계속 다시 찾아본다. 도시에 살 때보다 문화생활을 하는 기회는 줄었지만, 매 순간이 오랫동안 기억에 남는 걸 보면 기쁨은 훨씬 커진 게 아닐까.

울릉도에 가려면 멀미를 견뎌야 해

어릴 때부터 어떤 교통 수단을 타도 멀미를 심하게 하는 편인데, 그중에서도 배를 탈 때가 제일 힘들다. 울릉도에 평생 사신 할머니들 중 멀미가 심해서 아예 육지에 안 나가는 분도 가끔 있을 만큼 멀미는 울릉도에 사는 데 중대한 어려움이다. 배를 타는 날은 무조건 파도가 잔잔한

날로 정했다. 어떻게든 멀미를 덜 하기 위해 매일같이 파고를
알아보느라 진이 빠질 만큼 애를 썼다. 울릉도에 사는 기간이
늘어나니 예보를 그리 찾아보지 않아도 먼바다가 울렁이는
모양, 파도가 하얗게 부서지는 정도, 코끼리바위나 딴바위에
파도가 부딪히는 정도를 보고 오늘 배가 얼마나 흔들릴지
예측을 할 수 있게 되었다.

　　　　어쩔 수 없이 파도가 높은 날 배를 타야 할 때는
해신께 기도를 드리며 멀미를 최소화하기 위해 만반의
준비를 했다. 핵심은 오감을 통제해서 배의 흔들림을 덜
느낄 수 있는 환경을 만드는 거였다. 모자를 눌러쓰고, 눈은
감고, 귀엔 이어폰을 끼고, 입에는 민트향 사탕을 물고, 코는
아무 냄새가 나지 않게 마스크를 써서 가렸다. 그리고 배가
출항하기 전 멀미약을 먹고 배가 움직이는 내내 잘 수 있도록
잠을 청했다. 아침 일찍 출항하는 배를 탈 때는 배 안에서 쭉
자기 위해 밤을 새기도 했다. 바로 토를 할 수 있도록 검은
비닐 봉지를 여러 개 챙겨 손에 바로 닿는 곳에 두면 모든
준비가 끝이다. 노력하다보니 멀미하는 횟수는 줄었지만,
그렇게 해도 배가 흔들리면 나는 어김없이 토를 하면서
고통스러웠다.

멀미가 심할 만큼 파도가 안 좋다는 건 선박
운항 시간도 늘어난다는 의미다. 울릉도를 오가는 길은
200~300킬로미터나 되는 거리니 파도가 잔잔한 날을
기준으로 적혀 있는 운항 시간이 파도에 따라 한도 끝도
없이 늘어날 수 있다. 제일 최악인 건 원래 세 시간 반이면
갈 거리를 기상 악화로 4시간을 넘게 갔다가 파도가 너무
높아서 항구에 접안이 불가하다고 다시 왔던 길을 돌아가는
경우다. 출항과 접안은 해양수산부의 지시를 받기 때문에
선박 회사도 어찌할 수 없는 일이다. 그러면 도합 여덟아홉
시간을 그 흔들리는 배 안에 갇히는 꼴이다. 다행인 건
요즘은 배가 커서 예전의 가벼운 배보다 높은 파도를 잘
이겨낼 수 있기 때문에 그런 비극은 일어나지 않는다.

2021년 말에는 포항과 울릉을 오가는 울릉크루즈가
취항하면서 거의 배가 다니지 못하던 겨울에도 자주 육지를
나갈 수 있게 되었다. 크루즈 덕분에 전처럼 차를 배에
선적하기 위해 승선 전날 밤부터 가서 줄을 서지 않아도
되었고, 멀미에 대한 스트레스도 사라졌다. 울릉도에서
육지를 오가는 선박은 주민의 생존권과 바로 연결되는
문제라 언제나 가장 우선으로 중요하게 다뤄진다. 특히
선거철이 되면 주민 이동과 화물, 즉 선박 운항과 관련한

내용이 가장 화두로 떠오른다. 모두가 보다 편리한 환경을 만들려고 노력하고 있어서 날이 갈수록 울릉도의 선박 교통 문제는 나아지는 중이다.

　　내 주변인들은 멀미도 그렇게 심하고 육지와 울릉도를 오가는 일정 잡는 것도 스트레스를 받으면서 왜 굳이 그렇게까지 고생하며 울릉도에 가냐고 의아해했다. 특별한 다짐이나 신념이 있어서 그렇다기보단 울릉도에 살기로 했으니까 어쩔 수 없다는 일이라 여겼다. 멀미가 없어 배에서 태연하게 넷플릭스를 보는 사람을 보면 조금 억울할 때도 있지만 고작 배 타는 게 힘들다고 울릉도에 못 살 정도는 아니었다. 어디에 살든 견뎌야 하는 일은 있기 마련인 것이다.

결국 어디서든 현실은 같다

~~~~~~
~~~~~~

깊은 바닷속의 바위까지 투명하게 보이는 울릉도 바다를 보고 벅차오르던 마음이 여태 생생하다. 거창한 목표나 계획을 가지고 이주한 건 아니었다. 많은 사람에게 어떻게 하다가 울릉도까지 와서 사냐는 질문을 자주 듣는데 사실 딱히 할 말이 없다. 특별히 시골에서 살고 싶은 마음도 없었고 다른 사람처럼 서울에서 회사를 다니며 평범하게 살고 싶었다. 다만 서울이란 도시에서 나는 언제나 조급했고 그런 내 모습이 별로였다. 하필 마음이 지칠 때 여행을 온 곳이 울릉도였고, 이곳에서 보았던 푸르고 맑은 바다가 좋았다.

혼자 이런 섬마을에 사는 걸 대단하게 보는 시선이 많다. 그런 말을 들으면 부끄럽기도 했다. 실은 매일 출퇴근하고, 매년 연봉 협상을 하다가, 이직을 준비하는 보통 사람의 삶을 나는 견디지 못하고 머나먼 타지로 도망친 거였다. 멀미가 심해서 배를 탈 때마다 구토를 하면서도

240

울릉도와 육지를 오가는 걸 주저하지 않았던 건 바쁘게 돌아가는 도시의 삶을 살고 싶지 않았기 때문이다.

울릉도 이주 처음에는 붐비는 지하철과 버스를 타며 출퇴근을 하지 않아도 되는 게 그저 좋았다. 어딜 가더라도 해안도로를 따라 저 멀리 보이는 수평선이 보이고 그걸 보고 있으면 마음이 탁 트이는 느낌이 들었다. 서울에서는 노을 한 번 보는 게 어려웠는데 여기서는 늘 노을 빛이 드리운 숲과 바다를 볼 수 있었다. 그때만큼은 내 삶이 진짜 내 것이 된 것 같다.

그렇지만 하루에 노을 지는 시간은 30분 남짓이고 날씨가 좋지 않으면 노을을 볼 수도 없다. 보통의 시간 속 나는 이곳에서 어떻게 먹고살 것인가에 대한 고민을 치열하게 해야 했다. 차라리 마음먹고 귀촌을 했다면 조금 쉬웠을 수도 있겠다. 시골 동네로 도망치니 고민해보지 않았던 수많은 어려움을 또 새롭게 마주해야 했다. 회사에 다니지 않아 고정적 수입이 없어서 앞으로 인생을 계획을 할 수가 없었다. 언제 어떻게 돈을 벌고 쓸지 모르니 적금 하나 드는 것도 부담되었다. 입출금통장 하나에 돈을 모아두다가 울릉도로 이주한 지 만 3년이 되어서야 정기적금을 들 수 있었다.

내가 일하는 만큼 돈을 벌 수 있다는 제일 큰 동기

부여가 아닐까라고 생각한 것도 잠시, 약간의 휴식에도
죄책감이 들었다. 쉬고 있지만 쉬지 못하는 상황이 빈번했다.
매일 생산적인 일을 하나라도 하지 않으면 자괴감에 빠졌고
미래에 대한 막연한 불안이 엄습했다. 낯선 땅에 왔지만
여기서도 내 집 마련에 대한 고민을 하지 않을 수 없었다.
서울에서는 너무 비싼 집값에 내 집 마련을 못하겠다고
자조했지만, 여기서는 생애최초주택대출 기회를 이런 시골
단독주택에 써도 되는 건지 의구심이 들었다.

　　고민이 다를 뿐 인생은 어디서나 똑같이 어려운
일이었다. 어떻게 하면 연봉 협상을 더 잘하고, 이직을
어디로 할지 고민을 하던 직장인은 단가가 저렴하면서 질
좋은 제품을 파는 거래처를 찾아나서는 사업자가 되었을
뿐이다. 어떤 삶을 더 견딜 수 있는지는 사람마다 다르고,
겪어봐야 알 수 있다. 겪어본바 나는 복잡한 도시보다는
한적한 시골 동네에서 마음이 더 편하다.

　　불편한 것이 많지만 생활의 편리보단 색깔 없는
삭막함을 견딜 수가 없었다. 불편함은 조금 더 미리 계획을
세우는 지혜를 일깨워주었으며 기다림을 알려주었다.
새로운 곳에서는 신선한 즐거움도 많은 만큼 그동안 몰랐던
고통도 많았다. 울릉도는 여유롭고 푸른 섬이나, 보이는
것처럼 결코 낙원은 아니었다. 수많은 사람이 내 곁에 왔다가

떠나간 이곳에서 지독하게 외로웠고 희뿌연 안개가 잔뜩 낀
미래를 바라보며 아찔한 날이 많았다. 그렇지만 누구에게나
어디에서나 삶은 그럴 것이다. 그래서 나는 좋아하는 풍경이
많은 이 동네에서 기약 없이 걸어 가보고 싶다.

닫는 글

모든 미래가 불투명하던 시기, 아무리 계획을 세워도 마음처럼 되지 않아 불안하던 때, 울릉도에 있을 때만큼은 마음껏 게으르게 대충 살아도 괜찮은 것 같은 편안함이 있었습니다. 치열하게 살아도 중간이나 갈까 싶던 삶에서 멀리 떨어진 섬에 고립되어 있으니 모든 것이 단순해졌습니다. 살 만한 집이 많지 않은 시골 마을에서 그저 내가 잘 곳이 있으면 감사했고, 오늘 배불리 잘 먹었으면 다행이란 생각이 들었습니다. 남들은 불편하고 심심한 곳이라 말하지만 오히려 여기서 내가 할 수 있는 게 많지 않기에 더 바라지 않고 주어진 삶에 감사함을 느껴볼 수 있었습니다.

평생 살아온 도시와 전혀 다르고 계속해온 디자인 일이 전무한 이곳은 이민이라도 온 것처럼 모든 게 낯설었습니다. 아마도 서울에서 직장인으로 살았다면 만날 일이 없었을 다양한 사람을 만났습니다. 아주 다른 곳에 와서 처음 겪는 상황에 처해보고 몰랐던 나를 알게 되었습니다.

사람에 치여 아무도 모르는 곳으로 떠나왔지만 매일 저녁 수평선 아래로 떨어지는 해를 보면서는 그리움이 늘어납니다. 바다 건너 멀리 떠나왔지만 멀리서도 나를 그리워해주는 사람이 있습니다. 그제서야 내 곁을 지켜주고 있는 사람을 바라보게 됩니다. 그런 시간 속에 잠겨 있다보면 다정한 사람이 되자고 마음먹게 됩니다. 외로움은 내가 더 좋은 사람이 되도록 해줍니다.

매일 예상하지 못한 일이 펼쳐져 지루할 틈이 없는 울릉살이. 언제까지가 될지 알 수 없지만 매 계절마다 다른 일몰 시간에 맞춰 노을을 볼 수 있는 이곳에 살고 있는 매 순간이 훗날 돌아보면 무척 그리울 것 같습니다.